西藏岁月 系列丛书

# 金质的哈达

赵先前 著

大连出版社
DALIAN PUBLISHING HOUSE

图书在版编目（CIP）数据

金质的哈达／赵先前著. —大连：大连出版社，2014.4
（西藏岁月系列丛书）
ISBN 978-7-5505-0641-1

Ⅰ. ①金… Ⅱ. ①赵… Ⅲ. ①回忆录－作品集－中国－当代 Ⅳ. ①I251

中国版本图书馆CIP数据核字(2014)第045776号

丛书题字：策墨林·单增赤列（藏文）
汪象华（汉文）
总 策 划：德吉措姆 张彦丽
出 版 人：刘明辉
策划编辑：张 波
特约编辑：扎西卓玛
责任编辑：张 波 杨 钟
封面设计：樊志国 吴尚夫
版式设计：张 波
责任校对：魁宏达
责任印制：徐丽红

出版发行者：大连出版社
地址：大连市西岗区长白街10号
邮编：116011
电话：(0411)83620442/83621075
传真：(0411)83610391
网址：http://www.dlmpm.com
E-mail：dlszhangbo@163.com
印 刷 者：山东鸿杰印务集团有限公司
经 销 者：各地新华书店

幅面尺寸：170 mm×230 mm
印 张：11.75
字 数：174千字
出版时间：2014年4月第1版
印刷时间：2014年4月第1次印刷
书 号：ISBN 978-7-5505-0641-1
定 价：30.00元

# 《西藏岁月系列丛书》编委会

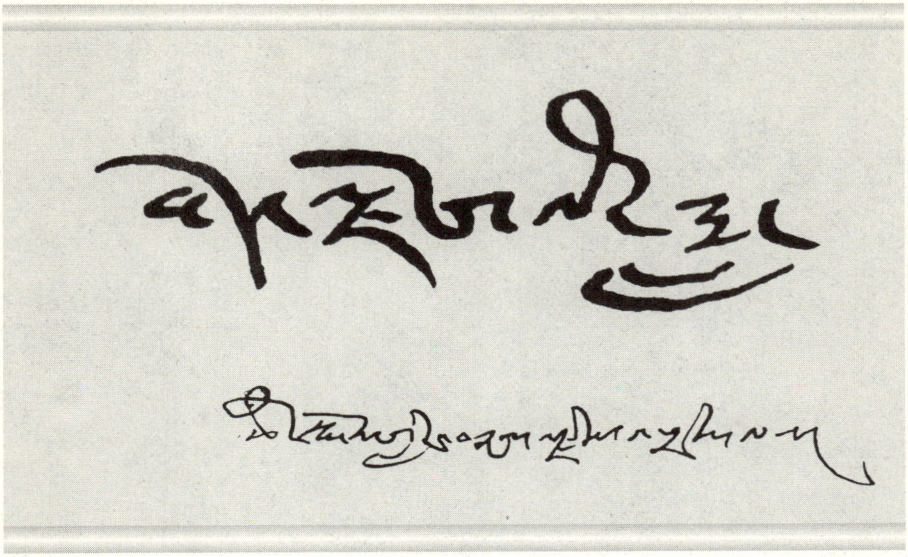

西藏岁月——策墨林·单增赤列题字

**策墨林·单增赤列**，男，藏族，1950年9月生，西藏拉萨人，无党派人士，1956年10月参加工作。现任政协第十届西藏自治区委员会副主席，第七届、八届、九届、十届全国政协委员。

汪象华题字

**汪象华**，少将，博士，1959年5月生于湖北黄冈，中国书法家协会会员，中国书法家协会维权鉴定委员会副主任，武警部队首任书画研究院院长，西藏书法家协会名誉主席。曾任武警广东省总队政治部副主任，武警宁夏总队政治部主任，武装警察部队政治部宣传部部长，现任武警部队西藏自治区总队政委。

《人民日报》、《解放军报》、《光明日报》、《中国文化报》、《中国书画报》、《解放军生活》等数十家报纸杂志曾多次刊登汪象华将军的书法作品。2011年10月，荣宝斋出版社出版发行了《汪象华书法作品集》。汪象华将军的作品曾获全国第十四届群星奖书法金奖，并多次获全国、全军书法作品展大奖，被多家机构和个人收藏，还被作为国礼送往日本、美国等国家和地区。

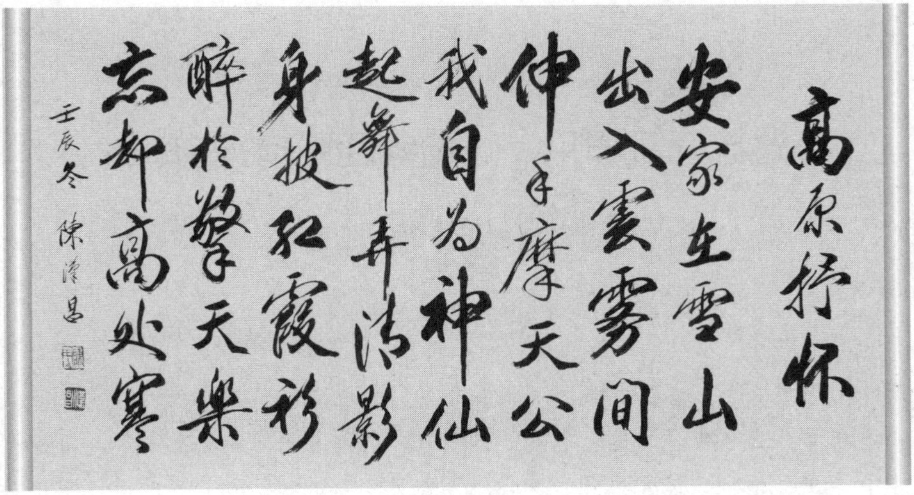


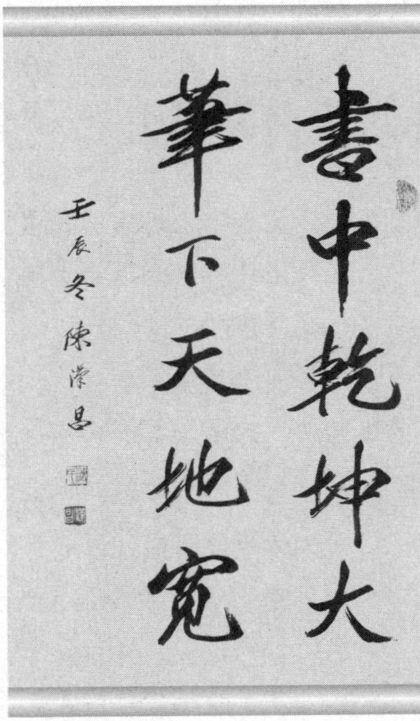


**陈汉昌**，1939年10月生，重庆市荣昌县人。政协第七届西藏自治区委员会副主席。西藏党校、西藏大学名誉教授。1994年受聘任全国思想政治工作科学专业委员会特邀研究员、常务理事。所写文章先后入编《中国社会科学文库》、《邓小平理论研究文库》等丛书，《谈谈我区精神文明建设的若干问题》获自治区优秀论文奖。主持编辑的《汉藏小伙伴手拉手，相约在二十一世纪》获得全国“五个一工程”奖。现为中国书法家协会理事，西藏书法家协会名誉主席。作品曾入选“中国名家书法作品邀请展”、“第二届国际书画家艺术交流大展”，先后入编《中国书法选集》、《世界书画家名录》，并先后荣获金奖艺术家、世界书画艺术名人、当代百名优秀文艺家等称号。出版有《中国当代著名书画家系列丛书·陈汉昌书法作品集》。

总序

# 难忘西藏岁月　弘扬老西藏精神（序一）

阴法唐

2010年金秋九月，雪域高原最美的时节，为纪念西藏和平解放60周年、中国共产党成立90周年，张彦丽同志来到我家，将筹备成立西藏岁月文学艺术工作者协会及出版《雪山的眷恋系列丛书》（即《西藏岁月系列丛书》）等事向我作了详细的介绍。张彦丽同志是1976年大学毕业进藏的知青，这个满族的后代和那些热血青年一样，在祖国挑选他们的时候，胸怀壮志，自愿报名去西藏当农民，后来又当教师、当干部，在西藏一干就是37年，是在西藏工作时间比较长的"老西藏"。介绍起他们在拉萨、成都召开《雪山的眷恋系列丛书》座谈会的情形，她特别激动。那些健在的十八军老同志，怀着极大的热情参加了座谈会，甚至有些人带病到会。他们谈到当年进藏时的情景，好多人热泪盈眶，感慨难抑。座谈会上，有的还拿出自己多年积累的文稿，希望通过西藏岁月文学艺术工作者协会这个平台，回忆建设西藏历史，弘扬"老西藏精神"，抒发他们对西藏的眷恋和关怀。

谈起一些老战士、老作家、老记者的现状，听到那些耳熟能详的名字时，我感慨良多。60多年前我们在进军西藏和雪山筑路时，战士们都是20来岁的小伙子，十七八岁的小姑娘。他们不但要完成长途跋涉、开山修路那些超强度劳动，还要承受高山缺氧、交通不畅、供给不足等原因造成的常人无法想象的困难，不少人提前结束了他们宝贵的年轻生命，有幸活下来的人也大多疾病缠身，但他们毫无怨言，青春无悔。作为进军西藏主力部队的一位领导成员，作为上世纪80年代的西藏自治区党委第一书记，我为这些老战士骄傲。他们当年听从党的指挥，进军祖国大陆最后一块未解放、条件艰苦的领土，为把西藏改造为人民民主的西藏，为西藏人民流血流汗，一不怕苦、二不怕死，与西藏人民一起长期建藏，努力奋斗，无私奉献。今天看到这些充满革命激情的战友们还像当年一样，心里始终想着西藏，爱着西藏，并为宣传西藏、为弘扬“老西藏精神”笔耕不辍，仍然在继续努力奋斗，我从心里往外高兴。张彦丽同志向我介绍完情况后，我建议她在协会成立后，要尽量多抽出时间去各地走访一下当年的老十八军战士，尽早地将老同志们的文集与采访记录搜集上来，她答应了。我也表示，为了这些老战士，为了蓬勃发展的西藏事业，我愿意为西藏岁月文学艺术工作者协会做顾问，我老伴、首批进藏女兵李国柱同志也愿意多参与协会的一些工作，共同组织回到内地的“老西藏”们继续为建设西藏、为西藏人民贡献余热。

2010年9月20日，我和夫人李国柱应邀参加了在北京召开的丛书座谈会。会上，在京30位老同志为丛书编撰提出了很好的建议和意见。时隔三年之后的2013年5月，张彦丽同志带着样书设计稿再一次来到我家，兴致勃勃地告诉我，西藏岁月文学艺术工作者协会正式成立了，并特别提到在原自治区党委常委、自治区政协副主席德吉措姆同志大力支持和积极协调下，得到了北京市政府的援助，期待已久的系列丛书可以面世了。虽然我已91岁高龄，但听到这个消息仍精神振奋，心里如同炎热的酷暑，热情洋溢、豪气顿增。协会尽管在经费困难、人手有限的情况下做了大量工作，可还是有许多同志没采访到，他们深表遗憾。但我相信，有这么多热心同志的支持与关注，尤其是藏族同胞的高度重视，西藏岁月文学艺术工作者协会这个平台，一定会为弘扬“老西藏精神”，为热爱西藏、宣传西藏、服务西藏做出更多、更有意义的事情。

一想到西藏的岁月，我的心里热乎乎的，这个序我不能不作，战友们的心愿我应该满足。

回忆起1950年进军西藏时，我是十八军五十二师副政委。在解放西藏昌都的战斗中，我们十八军五十二师分左中右三路进攻、迂回、包围昌都，我和师参谋长带着五十二师一个步兵团（一五四团）、两个直属连及青海一军骑兵支队，横跨四川、青海、西藏三个省区，15天在海拔四五千米的风雪高原上急行军1500华里。那个艰苦想起来就心颤。毛主席说“进军西藏不吃地方”，为此，我们进攻、迂回、包围昌都的各路战士，除了背上武器，还要背上春夏秋冬的衣服、半个月的食品、帐篷及些许烧火的燃料或代用品，每人负重70斤，高原反应，几步一喘。部队断粮后几天吃不上东西，战士们被迫吃累死饿死的牛马，喝牛马血，吃生肉，最后吃兽皮，甚至连骨头和角都烧成灰烬填进肚里。因冻、累、病、饿等多种原因，许多战士痛苦之状难以描述，不少同志遗尸高原，活下来的也是九死一生。差不多有一半战士患上雪盲，短时间失明，无法看路，他们便把绑腿连起来互相牵着走；过河时，冰块在湍急的水流中划破皮肉，血流不断；有的战士腿伤化脓坏死，被迫锯断腿肢。一五四团和青海骑兵支队有不少是非战斗减员，骑兵支队的马死了一半多，骑兵变步兵。那真是冰山雪峰掩忠骨，马革未能裹尸还。但全师将士心里都明白：只要堵住敌军后撤拉萨的路口就是胜利。10月18日，我们100余名骑兵和100余名步兵比敌人早4个多小时抢先到达昌都以西的恩达，切断了敌军的西退之路，奠定了和平解放西藏的基础。我们终于取得了解放祖国大陆最后一片领土的全面胜利。

翻书阅卷，历史风云一幕幕闪过。60年一甲子，岁月洗去了多少人世铅华，但“老西藏”们忠于祖国，热爱共产党，热爱西藏人民，长期建藏、边疆为家，一不怕苦、二不怕死，自觉遵纪守法，自力更生、艰苦创业（简称“长期建藏，两不怕；艰苦创业，守法纪”），加上以后中央提出的“五个特别”的“老西藏精神”，却代代相传，生生不息。先烈回眸应笑慰，擎旗自有后来人。

理念和实践说明，“长期建藏”的“老西藏精神”，不仅适用于外地去西藏的同志，也适用于西藏本地区的同志。去西藏的同志，无论是解放西藏去的，或是调进西藏去的，还是支边去的，援藏去的，都统称是进藏干部吧。“长期建藏”除本地区多数同志外，不是一定要干一辈子，一定要死在西藏，是根据党和人民的需要，由组织决定的，时间有长有短。但无论在藏多久，都不要抱临时观点，应付差事，混日子，当一天和尚撞一天钟；都要从热爱祖国、热爱西藏出发，在思想上长期着眼、长期打算，行动上老老实实、兢兢业业，艰苦奋斗，无私奉献。

我第二次调离西藏后，虽然还在解放军第二炮兵、全国人大常委会工作和执行中央领导机关交办临时任务共一二十年，但仍和那些“老西藏”一样，念念不忘西藏。并想在有生之年，在可能的情况下，继续为西藏做点事，首先对几件遗留问题要设法解决。其中最重要的是要求和呼吁给西藏修一条铁路。这是从在西藏任自治区党委第一书记时起就呼吁的。没有铁路，西藏便没有发展，就“大富”不起来。在党中央的英明决策和筑路大军的努力下，在全国各地特别是西藏人民的支持下，这个愿望实现了，也圆了我几十年来想坐着火车回西藏，看望西藏父老乡亲的梦。二是从自己做起，调动各方力量不断支持西藏教育事业发展，目标是为追赶先进地区的教育事业尽微薄之力。文化教育是民族文明和民族素质的基本要素，西藏发展缺少的是本民族的科学文化人才。为此，我从自己家做起，多方筹措资金成立“阴法唐西藏教育基金会”，我们的家庭也继续在这方面再做贡献。

第三件事，就是我们这些进藏时间早，经历过进军西藏、解放西藏、建设西藏、巩固国防甚至以后阶段的实践者，很想把自身亲历、耳闻目睹及手中掌握的或能查到的资料，筛选、整理成文，作为出版物献给读者，使更多人了解那段真实的历史，并解疑释惑。2008年，在中央党史研究室和西藏自治区党委等领导机关、领导同志支持下，由中共党史出版社出版了《解放西藏史》一书。这部著作已先后三次获得中央和国家机关大奖。现在，我和其他同志，愿意继续为党和西藏人民做贡献，我在这里借用进藏先遣连党代表李狄三的话，以表达我的心声：“我们活下来的人，只有更好地活着，至少是要争取活得更久一些，才能完成他未竟的事业。活着，已不是为了别的，而是为了完成我们共同肩负的使命。”

祝愿《西藏岁月系列丛书》能够鼓舞更多的人，不忘革命前辈，弘扬“老西藏精神”，希望同志们继续组织编写出更多记录那些令人追忆、感人肺腑、具有震撼力的征程的优秀作品来。

2013年8月于北京

阴法唐，1922年7月生于山东省肥城市桃园镇张里庄，中共党员。1955年被授予上校军衔，并荣获二级独立自由勋章、二级解放勋章。1962年晋升大校军衔。1988年被中央军委授予中将军衔，并荣获独立功勋荣誉章。曾任中共西藏自治区党委第一书记，同时被军委任命为成都军区副政委兼西藏军区第一政委。在此期间被选为西藏军区党委第一书记、西藏第三届政协主席。中共第十二、十三届代表大会代表，第十二届中央委员，第五、第六、第七、第八届全国人大代表，第七、八届全国人大常委会委员。原中国人民解放军第二炮兵副政委。

带家人牵头，多方筹措资金成立“阴法唐西藏教育基金会”，为西藏教育事业再做贡献；2008年，在中共党史研究室和西藏自治区党委等领导机关、领导同志支持下，牵头组织编写的由中共党史出版社出版的《解放西藏史》，先后获得中央和国家机关三次大奖。

# 圆 梦（序二）

张跃平

2010年，阳光明媚的4月，我收到《雪山不会忘记系列丛书》编委会的丛书策划案送审文件。详细看过之后，心情非常激动，当时就签署了支持意见。后来，在书稿的编撰过程中，《雪山不会忘记系列丛书》改名为《西藏岁月系列丛书》更符合选题内容。

一晃就是三年。今年4月，《西藏岁月系列丛书》编辑委员会邀约我为丛书写序。欣喜是自然的，担心亦在情理之中。我深知这绝非一般意义上的工作，因为，不论是作者还是编辑委员会的工作者，大多已退休离开了工作岗位，此次又重新走到一起，在西藏自治区党委、人大、政府、政协领导的高度重视和相关部门的大力支持下，用他们的真诚和热情，用他们的智慧和能力，组建了西藏岁月文学艺术工作者协会，协会组建的同时，丛书编撰工作也正式启动。为倾诉一生都无法割舍的西藏情缘，为报答西藏高天厚土给予的养育之恩，为实现大家共同的夙愿和高原梦，他们依旧那么执着，那么敬业，那么坚定，就像高山上的雪莲花，默默地绽放着永恒的绚丽。

我知道，他们约我写序，并非因为我的职务，而是因为我与丛书作者们有着同样的西藏情结，有着同样的高原梦。这份情谊，这份默契，这份梦缘，没有西藏生活经历的人永远无法想象、无法理解。

但，我懂他们。

丛书中所记录的西藏岁月，是英雄们的战斗史，是前辈们的奋斗史，是西藏文明的发展史。作者们都是“老西藏”和“老西藏”的接班人，每一位我都似曾相识，每一段述说我都非常熟悉。因为，37年前，我和这些热血青年一样，身背行囊，怀揣理想，义无反顾地踏上了这片土地，成为继十八军之后支援西藏社会主义建设大军中的一员。那时，我们很年轻，就像籽粒饱满的青稞，耐受着高寒缺氧的环境，执着地生长；就像苍劲的雄鹰，迎着风霜雨雪，勇敢地飞翔；就像健壮的牦牛，承载着重负与寂寞，倔强地前行。在我三十余载的西藏岁月中，半生青春一生爱，半生血汗一生情，我已无法分清藏族与汉族的界限，无法分清藏地与故乡的区别，如同无法分割的血脉一样。在《西藏岁月系列丛书》中，我看到了自己，又回到了那个年代。

工作之余，我酷爱摄影，特别享受按动快门的瞬间带给精神上那种欣慰的满足，特别渴望所有的经历都能成为永恒。我希望以这样一种方式，纪念我的西藏岁月，纪念我人生旅程中最有意义的时刻，纪念西藏翻天覆地的变化，纪念西藏各族人民团结奋斗、建设美丽家乡的辉煌成就。

心有多大，梦就有多大，照片和文字是一样的，不论是现在还是将来，都在向人们讲述着一个永恒的主题——圆梦。

与“老西藏”们相比，我们是幸运的，因为，我们是沿着他们以“老西藏精神”开创的那条“天路”走进高原的，我们是“特别能吃苦，特别能战斗，特别能忍耐，特别能团结，特别能奉献”的“老西藏精神”的传承者，所以，我们自豪，我们自信，我们自强。

光阴荏苒，一代又一代西藏人，览尽风雨苦亦甜；岁月如梭，一代又一代西藏人，于岁月的车轮里一刻也没有停歇；青稞酒的甘甜，酥油茶的醇香，锅庄舞的厚重，把我们的西藏岁月，永远镌刻在人生的长河里。今天，《西藏岁月系列丛书》为我们再现了这一切。其中记录的，不仅仅是作者自己的生活和经历，更宝贵的是记录了西藏和平解放中勇敢而无畏的人们，西藏建设中坚强而无私的人们，西藏发展中勤劳而智慧的人们。不论是谁读懂了其中的情感，感受了其中的真诚，领略了其中的风采，都会被感染，被触动，被洗礼，被震撼，而后，也会有一种冲动，那种背起行囊上路的冲动。

这就是《西藏岁月系列丛书》给予我们的启迪，这就是“老西藏精神”给予我们的力量。

忍不住，抬头仰望《喜马拉雅丰碑》上镌刻的《高原的记忆》，深切感受着不朽的《高原魂》；以真诚和执着《守望》着《我们的西藏岁月》、《源》，领略《墨竹河》的斑斓与阳光相聚，汇成《彩霞东来》的绮丽风光，用我们的青春，骄傲地展示着《雪域风华》，用我们的双手，创造着高原奇迹，在鲜花、掌声和《金质的哈达》涌向我们的时候，我们没有停下，坚强与自信深深地刻在前行的脚印上。因为，我们是“老西藏”们的接班人！

人生如船，梦想是帆，每个人都有一个只属于自己的梦，因为我们同属一个国家，所以我们的梦与国家民族的兴衰荣辱紧密相连。我们只有继续保持激情、坚持科学发展，中国梦才够美丽；我们只有不断完善和谐稳定、民生改善、民族团结的新局面，中国梦才够坚实。

我们的梦在西藏。

西藏的梦是繁荣昌盛，在西藏的奋斗圆了我们的梦，党的领导和各民族大团结圆了西藏梦。如今，中华民族正在用自己的勤劳与智慧圆一个梦，那就是坚定共产主义远大理想的信仰，忠实于有中国特色的社会主义共同理想的实践，实现国家富强、民族复兴、人民幸福的“中国梦”。

《西藏岁月系列丛书》正是从梦开始的地方讲起，还将继续沿着梦的思绪，在雪域高原，圆一个团结、民主、富裕、文明、和谐的社会主义新西藏梦。

2013年4月30日

张跃平，1950年5月生，辽宁北票人，中共党员。历任西藏军区生产建设师彭波农科所技术员，西藏自治区农垦厅生产技术处副处长，西藏自治区政府办公厅秘书一处处长，西藏自治区“一江两河”开发建委办综合处处长，西藏自治区拉萨市委常委、组织部部长，西藏自治区纪委副书记（正厅级），西藏自治区监察厅厅长，西藏自治区人大常委会党组副书记、常委会副主任。

# 序 三

德吉措姆

正当全国各族人民托起中国梦，为实现中华民族伟大复兴而奋力拼搏之际，《西藏岁月系列丛书》应运而生了。这不仅是系列丛书的作者们渴望已久的大事喜事，也是为丛书出版工作而奔波不停的工作人员十分高兴的事情，对于广大读者来说，无疑也是一次共享“老西藏精神”的丰硕成果，进一步了解真实西藏的难得机会。

为《西藏岁月系列丛书》写序，我一方面感到很荣幸，另一方面心理压力比较大，担心写不好。因为丛书的作者中有我十分熟悉的、十分敬重的“老西藏”、老领导，加上作者们每个人的作品分量很重，不仅承载着凝重的历史轨迹和社会责任，而且真实反映了那个年代广大指战员保卫祖国边疆、维护祖国统一的坚定信念，真实反映了新西藏的发展变化，处处闪耀着“老西藏精神”的光辉。

我想从以下三个方面，简单谈谈对系列丛书（10本）的初步认识，与读者共勉。一是系列丛书体现的五个基本特点；二是作者当年进军西藏时的历史概述；三是“老西藏精神”是我党我军光荣传统和优良作风的继承与发展。

## 一、系列丛书体现的五个基本特点

一是作者们晚年笔耕不辍，给后代留下了宝贵的精神财富。整整10本书，洋洋300多万字，字字都是作者们用心血和汗水写成的。其间所遇到的困难和问题，他们从不叫苦，从不给组织和领导找麻烦，处处以“老西藏精神”严格要求自己。他们的作品，无论是报告文学、纪实文学、诗词集或文集，还是长篇小说，都凝聚了对党对祖国的无限热爱，凝聚了对西藏人民的深情厚谊，凝聚了对生活、对西藏这片高天厚土、美丽风光的无限眷恋，骨子里透着浓浓的“西藏情结”。这是“老西藏”晚年献给党、献给西藏人民、献给新一代的又一份厚礼！

二是丛书的作者们，是一生奉献边疆的“老西藏”。

摆在读者面前的10本书的作者，大多数已是年过七旬的老革命、老前辈、老领导、老作家，还有当年参军时年龄不满15岁的女战士。虽然他们现在已退休多年，却坚持做到了老有所乐、老有所养、老有所学、老有所为，退休不褪色。他们不仅把自己一生最美好的青春时光献给了西藏，献给了西藏人民，而且到了晚年仍然在默默无闻地奉献着。西藏人民永远不会忘记“老西藏”为捍卫祖国边疆，为西藏人民的翻身解放和幸福生活而做出的牺牲和奉献。

三是作品内涵深刻，意义深远。

作者们从不同角度，用不同形式，深刻描绘了西藏和平解放、进军西藏、解放西藏、建设西藏的重大历史变革，以及改革开放、现代化建设时期，中央如何继续关心西藏、全国无私支援西藏，使西藏飞速发展变化的可喜局面。其强烈的时代感和社会责任感，必将使广大读者深入了解那个年代的沧桑巨变和那个年代造就的英雄人物，了解今天的幸福生活是无数英雄用生命和鲜血换来的，从而更加激发爱国热情，更加珍惜今天的幸福生活，更加发奋图强，努力建设家乡，自觉维护祖国统一。

四是作者深入调研、充实内容，保证作品质量。

多年来，丛书的作者们有的不顾年老体弱、疾病缠身，有的不顾家庭生活条件不够宽裕，年复一年、日复一日坚持创作，有的不顾路途遥远，交通不便，坚持走出家门访亲问友，有的结伴到离家很远的地方和城市，采访健在的英雄，寻找英雄的足迹，采集英雄的事迹。他们这种对作品负责、精益求精的态度，这种对党负责、对社会负责、对英雄负责，也对读者负责的精神，不仅让我们敬佩，更值得我们学习和发扬。

五是作品客观翔实，文风朴实无华。

丛书的作者们，无论作品反映的是哪个历史阶段，哪个具体事件，都认真坚持文化传承和文化信仰的深刻内涵，每一本书字里行间折射出的崇高境界、理想信念，让正能量传达得更鲜明、更可信、更有效。书中虽然没有更多华丽的辞藻，但娓娓道来的每一个故事、每一个人物、每一个事件，都弘扬了时代主旋律，都是为子孙后代留下的宝贵的精神财富和力量源泉。一本本耐人寻味的厚书，一段段真实可靠的经历陈述，对当代西藏进一步筑牢反对分裂、维护稳定的思想，巩固和发展民族团结，繁荣边疆地区文化建设都将产生积极而深远的影响。

## 二、作者当年进军西藏时的历史概述

1959年之前，也就是民主改革前的旧西藏，是一个又落后又黑暗的封建农奴制社会。在那时的社会里，广大农奴没有自己的土地和牲畜，没有人身自由，却要遭受残酷的压迫和剥削，终年挣扎在贫困、饥饿的死亡线上。党中央毛主席对西藏情况早已明察秋毫，在1949年10月1日中华人民共和国成立前后，针对国外敌对势力与西藏地方政府中的分裂主义分子加紧勾结从事分裂活动的严峻形势，做出了进军西藏的英明决定。同时，把进军西藏、经营西藏的任务具体落实给了以十八军为主力的进藏部队。另一方面，党中央毛主席从西藏特殊情况出发，制定了争取和平解放西藏的方针，说服西藏地方政府派代表赴京，促使地方政府坐下来谈判。1951年5月23日，中央人民政府和西藏地方政府在北京签订了具有历史意义的《中央人民政府与西藏地方政府关于和平解放西藏办法的协议》，简称“十七条协议”。从此，西藏人民摆脱了帝国主义的侵略和压迫，西藏和平解放，西藏历史翻开了新的篇章。1951年5月25日，毛主席发布了人民解放军进军西藏的命令。十八军等各路进藏部队，分别从西康、云南、新疆、青海向西藏进发，经过一年多的千辛万苦、英勇奋斗，终于完成了党中央毛主席交给的光荣的历史任务。西藏人民也从此开始认识了解放军，认识了共产党。

1959年3月，西藏上层反动集团悍然撕毁“十七条协议”，发动了全面的武装叛乱。人民解放军坚决平息了叛乱，西藏实行了民主改革，彻底废除了封建农奴制度，百万农奴翻身得解放，当家做了主人。1965年9月西藏自治区正式成立，宪法赋予的民族区域自治权利得到了实现，有力推动了西藏的社会进步和经济发展。改革开放和现代化建设时期，党中央又制定了新时期西藏工作的一系列方针政策和发展措施，安排部署了全国支援西藏的重大决策，使西藏很快实现了经济发展、社会稳定、民族团结、边防巩固、向全面建设小康社会目标前进的美好前景。60多年的实践证明：只有在党的领导下，只有在祖国的怀抱中，只有走中国特色西藏特点的社会主义道路，西藏才会有光明的前途和幸福的未来。

## 三、“老西藏精神”是我党我军光荣传统和优良作风的继承与发展

“老西藏精神”是上世纪50年代进军西藏的广大指战员和领导干部、工作人员及后来的驻藏解放军和地方各族干部在极其艰苦、极其特殊的环境下，以大无畏的英雄气概共同创造的高原之魂。也就是当年江泽民总书记在中央召开

的第四次西藏工作座谈会上提出的“特别能吃苦，特别能战斗，特别能忍耐，特别能团结，特别能奉献”的精神，就是长期建藏、一不怕苦二不怕死、艰苦创业、认真执行政策、守纪律的高尚品格。“老西藏精神”是我党我军光荣革命传统的重要组成部分，有力地继承和丰富了中华民族传统美德和精神财富。

回顾当年进藏部队广大指战员和工作人员所遇到的艰难险阻和特殊复杂的困难局面，想到他们最终如何把五星红旗插上喜马拉雅山时，人们不得不相信“老西藏”们就是一群特殊材料制成的人！“老西藏精神”就是他们用鲜血和生命铸就的不朽丰碑！

他们热爱党，忠于祖国，一切听从党安排。这是战胜一切困难，最终夺取胜利的根本保证。例如，中华人民共和国刚成立不久，十八军在成都的战役也结束了，上级已任命张国华军长、谭冠三政委等领导到地方工作，官兵们好不容易从长期的战争环境中走出来，准备接受相对稳定的地方工作时，突然接到上级命令，进军西藏，并明确以第十八军为进藏主力。当时部队内部的思想波动可想而知，但是，经过战争锻炼的英雄部队经受住了严峻的考验，在张国华军长和谭冠三政委“舍小家顾大家，要把忠骨埋西藏”精神鼓舞下，部队统一思想，提高认识，增强信心，决心坚决完成党中央交给的任务。只要党需要，一声令下，打起背包就出发。“到边疆去！”“到祖国最需要的地方去！”这就是进藏部队勇往直前的英雄本色，充分体现了大局意识、服务意识和高度的政策纪律观念，充分体现了革命军人崇高的理想信念。

他们进军西藏遇到的艰难险阻，是今天的人们无法想象的。无论是十八军各部队，还是新疆骑兵独立师先遣连等进藏部队，都经历了同样的高寒缺氧、风雪交加、忍饥挨饿、缺医少药、物资供应缺乏等困难考验。但他们靠双脚走出了雪山、草地，战胜了自然环境的无情磨难和反动势力的阻挠破坏。如果没有“让高山低头，让河水让路”的英雄气概，没有“以苦为荣，以苦为乐”的艰苦奋斗、无私奉献精神，没有“长期建藏，边疆为家”的长远计划，就不会有“老西藏精神”独特的优良品质和高尚情操。

他们严格执行党的民族政策和宗教政策，赢得了广大僧俗群众的衷心拥护。“十七条协议”签订后，毛主席对张国华军长特别叮嘱：“你们在西藏考虑任何问题，首先要想到民族和宗教这两件大事，一切工作必须慎重稳进。”毛主席一针见血地指出了民族、宗教、统战工作在西藏整个工作中的重要性，给部队各项工作指明了方向。在当时那种条件艰苦、情况十分复杂的形势下，张经武、张国华、谭冠三等领导模范地贯彻执行了毛主席关于民族、宗教等一系列方针政策，并且制定了许多切实可行的具体措施。如把关于尊重宗教信仰、尊重藏族风俗习惯也作为一项重要准则写进了守则等。总之，上世纪五六十年代，西藏民族团结、军民团结、军政团结，出现了前所未有的可喜局面。

经过60多年的沧桑巨变，“老西藏精神”已成为高原各族儿女团结友爱、拼搏进取、全心全意为人民服务、加快西藏发展的力量源泉。新时期新阶段，在“老西藏精神”激励下，一茬茬高原官兵、一茬茬进藏干部和一批批援藏干部中，涌现出了许许多多优秀代表。如张经武、张国华、谭冠三、天宝、慕生忠、李狄三、布德、蒋英、仁增旺杰、孔繁森、陈金水、轮祖、洛松朗加、祁爱群、李素芝等英雄模范人物。继续理解并弘扬“老西藏精神”，对高举中国特色社会主义伟大旗帜，维护祖国统一，维护民族团结，反对分裂，确保西藏经济跨越式发展和社会长治久安，全面建设小康社会，具有重大的现实意义和深远的历史意义。

《西藏岁月系列丛书》经过三年的努力终于和广大读者见面了。借此机会，我以西藏岁月文学艺术工作者协会主席、《西藏岁月系列丛书》编辑委员会主任的身份，首先向北京市政协党组书记、主席，市政法委书记吉林同志表示衷心感谢！向北京市表示衷心感谢！如果没有吉林同志的热情支持，没有北京市的慷慨解囊，没有北京市援藏拉萨指挥中心的具体协助，此次丛书的出版工作不可能顺利完成。同时，也要感谢为丛书出版辛勤工作的封面设计、责任编辑等工作人员！还要感谢大连市委组织部、宣传部及大连市援藏干部的大力支持！

2013年6月1日

德吉措姆，藏族，1947年11月生，西藏拉萨人，中共党员。中央党校研究生学历。历任西藏农牧学院附中副校长、学院教务处副处长，西藏自治区党委宣传部教育处处长，西藏自治区山南地委宣传部部长，西藏自治区党委副秘书长，西藏自治区文化厅党组书记、厅长，西藏自治区党委常委，西藏自治区政协党组副书记、政协副主席。是西藏第一位藏族女作家。1977年发表处女作《骏马飞奔》。1980年发表代表作《漫漫转经路》，获西藏自治区优秀作品创作奖。1986年发表《采蘑菇的少女》等等，是军民鱼水情深之歌，一时传为美谈。

# 目　录

## 雪域情思



## 铁军精英

## 激情似海

# 抗日烽火

# 苦　历

世事变迁似梦幻，
如今交友赖金钱。
有钱彼等当祖待，
无钱生父若戏玩。

1944年10月，国文老师余鉴方把我写在练习簿上的顺口溜抄在黑板上分析起来，教室内外，挤满了高年级的同学。

"赵汇川的人！"一声吼叫，打破了教室的寂静——空气，异常紧张。

……

学校是国民党高级将领王仲廉在安徽太和创办的，开始叫"战时中学"，后来叫"国立二十一中"。

吼叫者是插班不久的一个什么司令的儿子。

赵汇川——我本家的二老爷，老地下党员，抗战开始，他和李时庄等人组织抗日武装，后来成为新四军四师的一个司令员。我伯父是他的警卫排长，我父亲与他和李时庄过从甚密。但眼下，我父亲是王仲廉的随从参谋，王仲廉带着八个纵队开往前线，我父亲跟着去了。所幸，国文老师没有因"赵汇川的人"这声吼叫而跑题，还是平平仄仄地讲评下去……

## 叫我去干新四军

冷风清霜，捧出一轮明月。

茫然中感到惶恐的我突然被我姐夫牛宏魁叫到一个黑暗的角落。黑暗中还有我的好同学张凤鸣、张凤岭兄弟俩蹲在那里。我姐夫压低声音说："王仲廉的八个纵队在宝安山被新四军消灭了！大爷（我的父亲）的身份暴露了！现藏在我家里。叫你赶快回去干新四军！”我顺口冒出一句：“我在上学呀！”姐夫说：“二老爷那里也有学校。”张家兄弟说：“新四军里有抗大！”

姐夫牛宏魁安排我天不亮就走。

## 伟大的磁极

从太和到宿县，有三百多里的路程，我踏着大平原的枯叶衰草，向父亲至爱的呼唤奔驰。

我1928年10月出生。在我出生前两个月，父亲突然消失了，而且一去十年无消息。我五岁时，我二十八岁的母亲在苦难中死去，撇下我和比我大三岁的姐姐。姐姐给人家做了童养媳。家神不收、野鬼不要的我，靠几门穷亲戚拉扯着活了过来。抗战开始后，父亲像天外来客似的“冒”了出来，和赵汇川、李时庄等人时而这里相聚，时而那里密商，来去匆匆，飘忽不定，对我和姐姐依然无暇顾及。父亲是饱读诗书的人，据说，我爷爷也留有几亩地，但在我出生前，突然被父亲“输”光了。然而，像父亲这样不顾家、不护犊的人，乡亲们反而对他充满真挚的敬意。在短暂相处的时日中，他教我的是“大学之道，在明明德，在亲民，在止于至善”，“天将降大任于斯人也，必先苦其心志，劳其筋骨……”可是，当我箭也似的射向伟大的“磁极”，日夜兼程赶到我姐姐家，父亲却又“狠心”地舍我而去，到南京做工，当“伙夫”去了！

## 落入敌网

不知是时间的差错，还是历史的残酷，孤苦的我无可奈何地被敌人网住了。我的家乡孙疃集是日伪顽结合紧密的地区，和赵汇川对着干的是日伪顽反动势力的大头子郭玉珊。晓星残月，泪眼蒙胧的我被伪乡长王法堂请去吃“客饭”，说郭区长（郭玉珊）专门从蒙城赶来想见见我。我被叫进一个住处，王乡长恭顺地陪在那儿。戴着高度近视镜、手里夹着烟卷、一派长者风度的郭区长，温和地笑着让我坐下，慢条斯理地说，他早年追求革命，和我父亲，和赵汇川，都是极好的朋友。并说，赵汇川那次把他捉住吊起，还是我父亲把他放了的呢。他提出给我个队长当，让我跟他干。

我虽然年幼，但家喻户晓的郭玉珊是我们赵家的仇敌，我还是知道的。提到我父亲“放他”，童稚的我也留有印象。那是1938年秋末冬初，赵汇川的人把郭玉珊的人的枪缴了，并把郭玉珊吊了起来。赵汇川、李时庄就住在我们附近。我父亲匆匆忙忙，跑来跑去。可能是为抗战的大局和统战着想，最后决定把他放了，由我父亲出面亲解吊绳，还枪，放人。此后，赵汇川、李时庄的人就拉走了，而我父亲却留下了。

看着默默无语的我，王乡长挥动着长杆烟袋，强调：“听到了吗？区长要给你个队长干呀？”我苦苦求告：“我正在上学，寒假一过就得回校。”不料，郭区长却依然温和地说：“一心求学，这也是少怀大志呀！”竟放了我。

## 一进贾府

冲出敌网的庆幸，催我踏着早春的嫩芽，迈上复学的路。却不知又落入了敌人的魔掌。我路过蒙城，住在宿县同乡会里。三匹高头大马，呱里呱啦地晃进院落。骑马的有一位手拿马鞭子，两位挎着盒子炮。那位手持马鞭、眉心长颗黑痣的英俊潇洒者问道：“哪位是赵先前先生？”

我有生第一次听有人这样称呼我，忙答：“我就是！我就是！”

他自我介绍：“我叫贾芳谷，十里长山区区长，胡开祥支队第三大队大队长。”

我从来也没有听说过这个大队，忙答：“久仰！久仰！”

他说：“听说你少怀大志，苦心求学？”

我忙说：“不敢当！不敢当！”

他说：“我供你上学，如何？”

我忙说：“求之不得！求之不得！”

他说：“好，那就一言为定！”

随即伸手和我相握，答应马上派人来接我。

真是苍天有眼啊！在我求学返校险而无望之时，我遇到了这样一个“侠肝义胆”的人……当我还沉浸在感激之中时来了一辆马车，把我接进了贾府。

## 动辄就是几个耳刮子

贾芳谷把我留在身边观察了几天，可能是发现我没有什么“油水”，就放长线钓大鱼，把我交给他的九连看管起来，先叫“小先生”，后来叫“传令兵”，再后来就叫“伙夫”。连长曹端甫对我动辄就是几个耳刮子，边打边骂：“有些青年学生是他妈的共产党，老子查出非就地枪毙不可！”

## 二进贾府

这一招没有榨出我什么，贾芳谷就把我要回贾府。他还不无抱歉地安抚我：“曹连长欺负先前了！”随后又给了我一个“自由”的黄昏。那天晚上我在宿县城内闲逛，背后悄然传来“得功（我的乳名）跟我走！”回身见是我父亲的朋友、一身戎装的吕大爷。他在前边走，我在后边跟着，来到了一个僻静的住处，但见一位衣衫不整、蓬头垢面的长者蹲在方桌旁的长凳上。啊！是我日夜思念的父亲。可是，还没有容我开腔，父亲就严厉地责问：“你怎么跑到贾芳谷那里去了？你不知道贾芳谷是郭玉珊三番子的徒弟，郭玉珊是我们的仇人吗？”说罢就叫我“明天再来”，赶我走了。找到父亲我高兴得一夜睡不着，天不亮就又跑了回去，吕大爷夫妇还未起床。我在窗外问：“我父亲呢？”他们回答：“不知道呀！你走他也走了。”话音未落，一个特务，贾芳谷的小舅子竟跟上来了！

## 在枪声中得救

“自由”式未成，他们又以“乡丁”的名义把我交给亲信王成才看管起来。这期间贾芳谷的诸多贵客来找我这个乡丁交“朋友”，有的甚至亮出毛主席的《论持久战》，可他们见我确实什么也不懂，便只好作罢。“打动”我的“贵客”还是有的，比如宿县四才子之一的闫曙东就是一个。他迎合年轻人的心理，讲话中穿插着浪漫的爱情故事，说他是大革命时期的共产党，认识我二老爷，还说他过去脱党了，现在一心想去那边，就是找不到个关系。我说我二老爷会派人来接我，他就“激动”得抓住我的手，像见到救星似的说：“那咱就一起走！”过不了几天，就“悄悄”地问：“那边来人了没有？”就在这刀压脖颈子的时候，1946年的端阳节，在宿县西十里铺，在深夜的枪声中，我被救出来了，这时才知，我父亲早就到二老爷那里去了。李时庄知道我是赵承才的儿子，马上给我做了两套新单衣，换下我一身有虱子的烂棉衣，问我是上学还是参加工作，我说上学，他就答应送我进宿西县中。国民党进攻，学校办不成了，就让我在宿西县公安局参加工作。亲爱的党呀，我再生的父母！我怎能不竭尽我的青春、热血和生命为您而战啊！

## 见到赵汇川

1979年5月，含冤入狱、铁窗生活八年半、刚刚平反出狱的我，终于在青岛见到了我无限崇敬的二老爷。他老人家虽然也被整了十年，但还是那样温和宽厚，英气不减当年。谈到贾芳谷，我说，1948年春天，我所在的连队在策应作战时将他击毙了。提到郭玉珊，他老人家说，日本投降后不久，就被他“收拾”了。

说到武功超群、砍过成串鬼子头的我的伯父赵承武，他老人家沉痛地说，在给彭雪枫师长送信时，他被国民党捉住牺牲了。说到我的父亲，他老人家说，1949年起他在安徽军区四科工作，病逝时，他也不知道。我说政府给了烈属证，他老人家竟感伤起来……

# 挥之不去的情思

那不是二万五千里凝固的铁流，

也不是辉煌灿烂的星河，

那是红军长征的脚印；

那不是撼天动地的风吼，

也不是翻江倒海的怒涛，

那是“大刀向鬼子们头上砍去！”的呐喊……

随着长征胜利七十周年、抗战胜利六十周年纪念日的到来，新四军老战士李光同志步入八十大寿的高龄，回忆着九岁当红军的岁月，那种挥之不去的情思，悄然从心底奔出——

多么沉重的峥嵘，多么地奇崛！

多么地悲怆，多么地哀婉！

苏区人民敞母怀、救伤员、养战儿，竭尽干涸的乳汁啊，红色圣地不能失！

九岁苦男孩，眨着大眼睛，赤脚穿短裤，哭着要革命……闽北红五团，又添小红星。

吟咏《梅岭三章》，凝望井冈红旗，回眸闽北游击，“繁花”盛开四季——

单衣草鞋踏雪花，禁声扪虱对山花；

野菜野果衬汤花，靠树入梦接雨花……

风在吼，马在叫，黄河在咆哮！

用我们的血肉筑成我们新的长城！

八省游击战儿，胸中飞出义愤！擦亮战刀、铜号，吼着——

光荣北伐，武昌城下，血染着我们的姓名……

“脱手斩得小楼兰”——打响了东南抗战第一仗；再擦干皖南事变的血迹，掩埋好同伴的尸体，挺进大江南北，打出了还我河山的神威！……

那不是醉人的礼花，
那是历史的光焰；
那不是着露的朝阳，
那是中华的笑脸！

老战士们甩动着步入老年而依然有力的手臂，思绪中再现着当年那肉搏的场景——血泊中挺起的胸膛，青纱帐里淬过火的神力，仇恨中震颤的刀鸣——白刃刺进，红刃拔出——血光的闪动中，燃烧着冲天泻地、华夏魂烈烈升腾的钢蓝色的火焰！……什么是低沉执着的呐喊？什么是呼啸生风的质色？什么是泰山的巍峨？什么是战争史上的奇观？什么是中华民族的创举？什么是惊天动地的伟业？

神州一洗蒙尘净，大地重光兆国兴！

军旅诗人李瑛沉吟——

而今，岁月已装订成册
时代已依序归档
血的记忆
却不能尘封
……

千古英雄共一心！

就为这不能尘封的血的记忆，“刀征壮士魂，铁见丈夫节”“安危不贰其志，险易不革其心”的老战士们，怎能不挥动通天的铁笔，蘸着满腔热血，镌刻下那永远也不能忘记的“魂魄毅兮为鬼雄”的浩浩英烈；紧扣过去和未来，奏响中华儿女“不忘国耻，发愤图强”的壮歌！

# 老战士拿起新“武器”

## ——在蓉新四军老战士学习知识经济片断

### 大军云集

仲夏丽日温暖着古老的蜀国大地。葱茏的花木簇拥着华西医大美丽的校园。四川省新四军研究会设在一幢垂檐翘角老式建筑的二楼上。木质楼梯上的踢踏声宣告：披着战火硝烟的新四军开过来了——小战士（潘孝臣）来了，宣传员（王干）来了，在粟裕带领下打响新四军抗战第一仗，赢得陈毅诗赞“脱手斩得小楼兰”的先遣支队的班长（孔诚）来了，转战大江南北的连长（张玉成）、队指导员（孟照祯）来了，青年科长（干思贤）来了，令敌人闻风丧胆的团长（王东保、胡继成）来了，军部的机要员（刘平）来了，怀着一腔报国热血从马来西亚匆匆赶往抗日前线的华侨青年（邱林）也来了……老而弥坚的王东保（成都军区原副司令员），衬衣扎在裤腰里，还是那样亲切、潇洒、精神；面部偏长的胡继成（成都军区原副政委兼四川省军区司令员），仍不减当年临阵杀敌的威严；刘平（四川省政协常委、航空局原局长）的光头，一派老兵的风格；邱林（四川省归国华侨联合会名誉主席）爽朗的笑声，依然奔流着满腔热血的赤诚。加上热心参与研究的年轻的教授学者们，不用“立正！报数！”已济济一堂了……

### 激情难抑

1998年，是新四军的开拓者、领导者周恩来、刘少奇、项英的百岁诞辰年。

岁月无情人有情。在周恩来身边工作过的张益亭（重庆市经济委员会原副主任）无比激动地说，在重庆时，周副主席和大家一起吃饭、一起工作，而他办公兼卧室的灯光是通夜长明的。皖南事变发生后，他挥泪写下诗句“千古奇冤，江南一叶；同室操戈，相煎何急！”和大家一起做好随时被捕、被杀的准备，孟照祯（四川省人大副秘书长）深情地谈起在淮北聆听过少奇同志的教诲……

老战士们，有的在红军年代跟着他们“刀丛扑去争山顶，血雨飘来湿战袍”，有的在抗日战争时期跟着他们“大刀向鬼子们的头上砍去”，以血肉笑纳横飞的弹雨……

灼灼奔星劲有声，飞落人间寄真情。
皎皎圣洁凝白雪，烈烈殷血化彩虹。
鞠躬尽瘁鬼神泣，死而后已天地惊。
两袖清风排云去，人民山呼好仆公！

这铿锵、炽热的咏唱，怎能不卷起人们对往昔峥嵘岁月和伟人卓越风范的追忆，像滔滔洪峰漫过大家激情难抑的心头……



## 峰回路转

然而，当“铁马秋风大散关”式的缅怀掀起的澎湃心潮还没有完全平落，却又升起了新的远征的风帆——那不是乘长风破万里浪的新的远征的风帆，那是阐发生产力发展前沿的知识经济的字幕——老战士抓起了新“武器”！

和传统的农业经济、工业经济不同，知识经济是以知识及其产品的生产、流通和消费为主导的新型经济。它的显著特征是，知识成为创造社会财富诸要素中最基本的生产要素，其他生产要素都要靠知识来装备和更新。

好的想法和技术发明是经济发展的推动力量。知识的传播以及它的积累和创新是经济增长的关键……

随着字幕的变换，讲授者条分缕析，如春风化雨；聆听者眼明心亮，如拨云见日。

这些老战士们，为了中华民族的崛起，曾舍生忘死，浴血奋战，可谓劳苦功高，理当颐养天年。但他们却“老骥伏枥，志在千里”，不顾年迈体弱，投身于知识经济的学习。比起那些养尊处优、饱食终日、无所事事者，比起那些贪图享受之官，比起那些腐败之官，比起……他们是何等的不落尘俗。

## 光明在前

仰望这些浓缩着共和国历程的老战士们的身影，宛若凝结浩气的长虹遥挂中天。那么，这是为什么？其中深藏的底蕴又在哪儿呢？

他们沉稳的开怀畅笑和缅怀先烈晶莹的泪光，诠释了答案——这是深入骨髓的伟大理想和融进血液的崇高信念，交织着历史的责任感和时代的紧迫感迸发的光焰！

这炽烈神圣的光焰，不但喷薄出他们“火烤胸前暖，风吹背后寒”“发为干戈白，心于社稷丹”的壮丽人生，也昭示了我们伟大祖国英雄事业无限光明的前程！

什么是无穷如天地？

什么是不竭如江河？

什么是韶华永驻？

让我们从老战士拿起新“武器”的启迪中，去深情地咀嚼，深情地回味，深情地思索吧！

# 一把战刀的故事

四川省历史博物馆，收藏着一柄烙有日本昭和年号的战刀。

这柄出炉几十年仍闪着蓝莹莹寒光的战刀，是老红军、新四军老战士、四川省军区原副司令员孔诚同志，为了感念陈毅军长的恩情，多次婉拒上海、南京历史博物馆的索求，在抗日战争胜利六十周年的时候，献给陈老总家乡的。审视着这柄凝有历史风云的战刀，可以想象到日本帝国主义践踏中华大地的罪恶，想象到南京大屠杀浸透的华夏儿女的鲜血，也可以想象到新四军战士把它夺到手，砍掉八个鬼子头的豪情！同时陈毅元帅的诗句也会浮现在眼前：

弯弓射日到江南，
终夜喧呼敌胆寒。
镇江城下初遭遇，
脱手斩得小楼兰。

更可以看到粟裕大将挥洒的五绝：

新编第四军，
先追到江南。
韦岗斩土井，
处女奏凯还。

进而带领着我们走近韦岗伏击战的那一幕。

那是1938年，初夏时节。

广大沦陷地区，日寇肆虐，汉奸横行，土匪蜂涌。老百姓身陷苦海，忍受煎熬。坚持南方八省游击战争的红军战士，扛起民族抗战的大旗，汇成铁血新四军。其先遣支队，在陈毅指挥、粟裕率领下，单衣草鞋，顶风冒雨，昼伏夜行，向敌人的“后方”插去，在南京、上海之间，离镇江三十多里的地方——韦岗，设下了埋伏。

这里，公路嵌在两面陡峭的山峰之间。坡坡坎坎，田间地头，隐蔽着满身泥泞、饥肠辘辘的战士，淋着哗哗的大雨，抹着不断被雨水蒙住的眼睛。他们手中的武器，尽管是集中了队伍中最好的，但仍然很落后。他们知道：“没有枪没有炮，敌人给我们造！”他们就要歼灭这股敌人，换换装备了！

天蒙蒙亮了，雨还哗哗下着。朦胧的车灯，伴着嘈杂的声响，渐渐近了。歼敌的怒火，此刻又浇上了油！

是鬼子的汽车队！插着膏药旗，耀武扬威地开过来了。一个信号弹腾空，勇士们从四面八方跃起，把鬼子拦头断尾“钳”住了。

粟裕边打、边冲、边喊！手榴弹在敌群中爆炸，大刀愤怒地向鬼子头上砍去。鬼子没等回过神来，就被我们干掉了！忽然间，从车底下蹿出个家伙，双手举刀，狂叫着向粟裕劈来！

说时迟，那时快！只听咔嚓一声，那家伙的脑袋滚了下来。

原来，是跟粟裕冲锋的警卫班长孔诚，一刀结果了他的狗命。

孔诚的快捷威猛，突显了这场战斗的英雄特色。为发扬“快捷威猛”的战斗雄风，陈、粟首长破例，将战利品——夺过的军刀，奖给孔诚使用。

为纪念抗日战争及第二次世界大战胜利六十周年，二十四国参战豪杰和我国抗日英雄云集北京，竖起巍峨的北京和平墙。在欢呼和鲜花的包围中，他们朗读着镌刻在和平墙上的话语：

昨天，
六十年前，我们是军人，
经历一场世界大战；
今天，
六十年后，我们作为幸存者，

是那场战争的最后见证人；
明天，
为子孙后代美满的明天，
我们郑重宣告：
“热爱生活，珍惜和平。”

一起参加过韦岗战斗、同为成都军区英雄代表的原昆明军区司令员张铚秀，对孔诚夺刀、受奖和在随后的战斗中砍掉八个鬼子头的英雄战绩，钦佩于心。在这昭告千古的庄严时刻，他却见孔诚没有把那柄“终身使用”的军刀佩来，不禁问道：“老孔，夺过的那把战刀呢？是不是‘廉颇老矣’，带不动喽？”

老孔忙说：“哪能，哪能！熬不过军长的情义，献给天府之国了……”

# 历史是一颗长青果

大悟山，托起新四军五师和鄂豫根据地的“宝塔山”，从革命的烽火台——竹沟镇、七里坪、汤池延烧到您脚下的革命之火，还在熊熊地燃烧吗？尽管已过去数十年，当年的“火种”——白发飘飘的我们，对您还是那样难割难舍地依恋……

黄安——大别山跳动的红心，送出英雄的儿女，在第一次大革命中拉起十万大军，打得旧世界落花流水。抗战伊始，大别山、幕阜山、大洪山、桐柏山……成了新四军五师和鄂豫根据地的发源地。抗战时期，一万三千二百位英烈的热血，淹灭四万三千七百余奸寇，浇灌出九万平方公里沃土，培育出五万正规军和三十万民兵。抗战胜利了，蒋介石从峨眉山下来“摘桃子”了。“孤悬”的六万之众，完成十个月的战略坚持，以两万英烈的热血，冲开三十万大军的围堵，挥洒出中原突围的华彩篇章。而这彪炳史册的执笔者，就是上靠党中央、下靠老百姓，在革命实践中靠毛泽东思想雕塑出来的普普通通的工匠、农人——李先念、郑位三、陈少敏和稍后赶到的王震、王树声……

“落红不是无情物，化作春泥更护花。”在我们伟大祖国分外明丽的今天，从血泊中站起来的新四军五师的老战士们，像当年怀着满腔热血冲破国民党的重重阻拦去投身革命一样，怀着无比幸福的眷恋之情，从祖国四面八方汇集起来，又要重访这热血焐热过的营盘了。

啊！大悟山，还是那样宽容地昂然屹立吗？欢蹦乱跳的小河，还是那样清爽甘甜吗？暖身的稻草，还是那样柔美温存吗？用血汗和乳汁养育过我们的父老乡亲，还认识我们这些毛手毛脚的小青年，还记得“四面开花”向西突围创建鄂豫陕根据地时，剪下裤腿做草鞋，穿着“短裤”在崇山峻岭中靠野菜度日的大军吗？啊！大悟山，我们新生的故土，在邓小平理论光芒的照耀下，都更“分外妖娆”了吧？在浮想的沉醉中，我们又扑进了您苍雄的怀抱……

中原突围前，中共中央中原局、中原军区所在地宣化店，鄂豫边区抗日民主根据地党委、新四军五师师部、边区行政公署所在地白果树湾，民主建国大学驻地陈家河、黄家寨、张家湾，实验小学驻地魏家冲，解放区善后救济医院南田湾……像当年一样，像当年一样啊，以滚烫的爱，挽留着我们的脚步！随身带去准备重温地铺情的稻草和徒步爬山的草鞋，在乡亲们泪花裹着干果直往我们身上塞的震颤中，凝成了重现当年的歌声：

江汉两岸，鄂豫边区，从西北到东南，我们是锁住武汉的铁链，当敌人闯进家园，我们到处燃起抗日的火焰！……

而同台演唱的热浪，在“霜雪堆”里，又撞击出火爆的诗句：

山河仍依旧，
风貌胜从前。
欢聚喜泪流，
神州艳阳天。
古稀逢盛世，
解甲不离鞍！

然而，以挚爱鼓舞过我们革命激情的房东老人，有的已谢世了，有的虽然沐浴着改革开放的春风，却依然还没有摆脱贫困的阴影……

触景生情！背负着鄂豫边区烈士陵园、烈士纪念碑和鄂豫边区革命纪念馆的大悟山，扬起清甜的絮语般的轻风，带着感悟的哲思，在我们耳畔绵绵地响起来。

历史是颗长青果，要么苦涩多一些，要么酸甜多一些。只有认识和实践根植于“解放思想、实事求是”的沃土，才能收获更多的温馨和甘甜……

# 殷殷草

那是抗日战争时期，在浍河岸边的王浅子。为掩护国民党广西部队撤退，新四军赵汇川部的一个连咬住了十一辆汽车的日本鬼子。日本鬼子死伤累累却未能得逞，拖着他们的尸体离去了。乡亲们潮水般地涌来。壮烈牺牲的勇士们，有的手握大刀，依然雄风猎猎；有的怒目远视，仍旧持枪傲立；轻轻扶动，有的头颅訇然着地，有的四肢猝然脱落……像被凌辱而不知屈服的孩子，突然扑倒在母亲怀中，没有哭，也没有泪，有的只是使敌人沮丧、使大地颤抖、使中华光耀的长歌！

村边的凹坑里，躺着个日本鬼子的尸体，压在鬼子身上的是浑身是血的连长，被抬出来后他神奇地活了过来。知道全连只有他一个人还活着，他痛不欲生。他挥动手掌向自己要害伤口猛击，却发现有团被热血浸泡得柔韧、酥润、绵软的殷殷草粘在伤口上——是它，减少了他的失血！他顿然心胸豁朗:这不正是大地母亲——敬爱的乡亲们——我苦难的四万万同胞寄我以生的殷望吗？我怎能用轻生来愧对用生命阻住敌人铁蹄的全连战友呢？……

这连长也是浍河岸边人氏，自幼饱读诗书。中华民族辉煌的过去和苦难的现实，给他以历史的冷峻和时代的激情。当蒋介石血腥的屠刀在1927年向浍河岸边杀来，清澈的浍河水泛出鲜艳的殷红时，他抛下即将临盆的妻子和牙牙学语的女儿，一去十年无消息！在这十年中，他贤惠勤劳的妻子被贫病夺去了生命，八岁的女儿成了别人的童养媳，五岁的儿子成了流浪的孤儿……

抗战爆发了，他像炸碎的弹片从泥土里冒了出来，为早亡的妻子和在苦水中泡大的儿女洒下几滴浊泪，又匆匆地奔忙去了。

他的伤口还在滴血，就又转入了“地下”。为掩护身份，这次他带走了十岁的儿子。1944年，新四军四师击溃王仲廉八个纵队，夺取了宝安山的重大胜利，然而却暴露了他长期潜伏的身份。他连夜带信要远地就读的儿子去新四军，可是当儿子赶到某地，不但新四军走了，他也被派到南京“做工”——当伙夫去了。儿子陷入罗网，成为敌人手中的诱饵，他辗转曲折带给儿子的就是那团带着中华大地深情的殷殷草。后来，儿子被我军救出，他却在南京解放的欢呼声中倒下了，最后念叨的还是：“殷……殷……草，殷……殷……草……”

殷殷草啊，殷殷草！在这中华大地一派春光之时，愿你更加清醇芬芳，灵幻多姿！

# 血衣上的天书

“九七”香港回归日，“八一”七十周年时。

作为“铁军”——新四军的后代，怎样咏唱这历史的丰碑？我要栽下常青树，来丰盈这辉煌的岁月，燃亮我心头的圣火。

在苍雄峻傲隆起的亮点上，激情拖着汗水向深处刨进。一阵松软，刨出个苇片裹着的小包。惊悸地打开，啊，是一件血衣！

“天啊！这是我爷爷的遗物！”

为国为民，在那峥嵘的年代，爷爷老早就加入了共产党。抗战开始，爷爷就成为在血与火中与日寇拼杀的新四军。爷爷武功超群，凭着一口大刀片，取过无数鬼子的头！

然而，在抗战的艰难时期，爷爷奉刘少奇指示，从津浦路东到津浦路西给彭雪枫送信，却被国民党捉住杀害了！

这血衣，就是乡亲们偷偷埋下的！

血衣散发着历史的陈香，映着眼前金黄的麦浪和挂满枝头的果实，像永不褪色、永不倒下的旗帜；望着历史远去的背影，我仿佛看见爷爷含笑卧敌铡，热血沃神州……

然而，在我惊叹、庄严的凝视中，斑驳的血衣竟赫然显出了字迹——

天行健，君子自强不息；

天听自我民听，天视自我民视；

天下兴亡，匹夫有责；

以天下为己任；

……

我被这突兀的玉韵天音惊呆了！陡然升起的惊奇把我凌空托起，我怀着难耐的紧张，赶忙再翻过一面，结果翻出了更大的一片苍劲的小字，竟全然是针绣的！有些针脚虽然被岁月的牙齿磨损了，但富有立体感的字迹，在血色的映衬中，依然清晰可辨——

天将降大任于斯人也，必先苦其心志，劳其筋骨，饿其体肤，空乏其身，行拂乱其所为，所以动心忍性，曾益其所不能……

啊！什么是中华魂？

我泪花飞溅了！

我紧紧地把血衣搂在胸前，像倒转时序，紧紧地搂住爷爷，让我飞溅的泪水，涌进爷爷热血奔涌的心头……

这时，只在这时，我才知道，父亲谆谆教我为人民服务的那些——

厚德载物；义以为质；见贤思齐；
圣人无常心，以百姓心为心；
利于国者爱之，害于国者恶之；
苟利社稷，生死以之；
安危不易其志，险易不革其心；
好仁不学，其蔽也愚；
博学之，审问之，慎思之，明辨之，笃行之。

是植根于爷爷的源头！
这时，只有这时，我才知道，
父亲抱朴守真、含英咀华、身体力行的那些——

先民而后身，薄身而厚民；
不以一毫私意而自蔽；
为人者重，自为者轻；
己所不欲，勿施于人；

俭，德之共也；侈，恶之大也。

不羡夭桃红胜锦，最嫌飞絮轻于棉。

也是植根于爷爷的源头！

而且，我天目洞开，恍然大悟——

就是雷锋、焦裕禄、孔繁森、徐虎、李素丽……这些星座的升起，也是植根于爷爷这个源头！

但我，却曾诅咒过这些，是“封建”的木乃伊！……捧着爷爷血浸的“天书”，在羞愧的淬砺中，我才真的成长了！

# 难忘的章节

在我们中华民族“起死回生”的日子——抗战胜利五十周年纪念日，我叩响了两位新四军老战士难忘的记忆……

冯涛——“冯大傻子”——因块头大，拼起刺刀来，就把自己忘了；拼掉多少鬼子，也“交代”不清，因而得此美称。冯老已年近八旬，但抱个石磨，仍能“噌噌噌”一口气跑上三楼，当年是何等之雄威，已可想见了。

1942年到1943年，敌人大搞“梳篦式”扫荡，新四军苏北根据地——邳睢铜地区，被日伪顽挤在夹缝中，胳膊腿都窝弯了。伸展的第一仗，是把敌人枕在我们胸口上的据点——叶场拔掉。

该据点有七百多伪军，内有明碉暗堡，外有围墙、壕沟、鹿砦，周围平坦开阔，易守难攻。为求出歼敌妙计，分区司令员赵汇川亲自化装深入敌穴，发现敌人的工事和各种配备极为精良，但只有两眼水井。而当时，正值酷暑天旱，井的出水量很小。于是决定：坚决堵住敌人的三路援兵；填死据点外围的水井；围而不打，敌人不投降也会自取灭亡。

冯老说：“围了三天，敌人被困得受不了，我更急得受不了。那时，我是分区警卫连连长，就带着几个人搞了个‘野狗战术’——打死几条狗，曝晒后蛆虫滚滚，臭气冲天，悄悄地投进了两眼接近干涸的水井；又顺便捉个敌人的伙夫，优待后放了回去……啊！‘立竿见影’：七百多敌人乖乖地投降了！”

“假鬼子”王干——“大刀向鬼子们的头上砍去！”虽年满七旬，那歌声，还是那样饱含激情，饱含当年拼杀的神威，饱含热血青年不甘亡国灭种、赴汤蹈火、视死如归的悲壮，饱含中华民族不可凌辱的浩气。那时，在频繁的战斗之余，他常演活报剧，而他的“五短”身材极宜演鬼子——又演得极像，所以，落了个“假鬼子”的昵称。话及当年，王老将“一片丹心卧华发”的满腹话语，化作苍劲、豪迈的隶书书写的诗句，做了无声的表述——

铁蹄踏污中华血，
烽火连天起战声。
半壁河山落虎口，
四亿同胞号悲鸿。
赤子热血染圣土，
神州怒吼腾蛟龙。
春好不忘护国神，
花红柳绿满长城！

# 历史的足音

抗日战争胜利五十周年之际，笔者走访了几位经历过历史风华和岁月尘烟的老红军、老八路和新四军老战士。他们不忘往日烽火狼烟的血雨腥风，更寄厚望于滚滚如红日而来的“新生代”把祖国带向新的辉煌。他们言简意赅，情思隽永……

## 脱手斩得小楼兰

孔诚：在南方坚持游击战争的红军战士下山编成了新四军，粟裕支队长带我们几个连（那时我是班长）直插苏沪杭大三角，打响了新四军抗战的第一仗，巧妙地拿下了韦岗，使大江南北土匪“司令”如麻、悲观污浊的气氛为之一扫，拨开浓重的乌云，使“江东父老”看到了希望和光明。

陈毅同志赋诗赞曰：

弯弓射日到江南，
终夜喧呼敌胆寒。
镇江城下初遭遇，
脱手斩得小楼兰。

## 卫国护民，赤膊上阵

陈子植，1931年“九一八”事变后，报国之心就泡入了泪水。1935年“一二·九”运动登高一呼，使他从开封师范奔向了革命。悠悠岁月过去了多少年头，而他抗战全过程经历的战斗，还都珍藏在他一个厚厚的小本子上！随便翻开一页，便飞出了惊心动魄的激战：

总想置我们于死地的敌人，要把他们的“三光”政策投入田野了。绝不能让到口的粮食被敌人抢去！“虎口夺粮”——保卫麦收的战斗在我们豫东（睢杞太）游击区打响了。被卫国护民思想鼓舞的勇士们，竟一个个光着膀子，赤膊上阵，优秀指挥员宋秀启八颗子弹，打倒了八个鬼子！……

## 半块杂面馍

邵正奎，满头白发溢出满怀豪情，炯炯目光灼透的一段往事，竟那样发人深省：

我们这支穿着“百家衣”的队伍，是地下党赵汇川拉起来的。一天赵汇川给我们介绍一个人：“这是——”那人抢过说：“胡服！”我们“哗”地笑了——找个“伙夫”还这样麻烦！——那人操湖南腔，“胡服”让我们听成了“伙夫”。没想，这“伙夫”年纪不大，却有着“老人心肠”，教育我们要俯首帖耳地做人民的“老黄牛”；对同志要有宽大、容忍、委曲求全的“单恋”精神；对自己要“慎独”“三省吾身”，没有做过亏心事，无事不可对人言……嗨，他就是从“小延安”（竹沟镇）赶来的刘少奇！

没过几天，又来了一个潇潇洒洒的细挑个儿，说话“安逸，安逸”的。原来他就是文武兼备、帮助李宗仁取得台儿庄大捷的张爱萍！吃派饭，“伙夫”他们在屋里，通信班（我是班长）在院里。不知是跑下来累的还是想他娘了，通信班的小秃子（其实不秃，只是头上有几个疮斗疤）哭着把半块杂面馍甩了。我一看：这还了得！一声呵斥，不料把“伙夫”“吓”出来了。“伙夫”捡起那半块杂面馍，边吃边说：“老百姓养活咱们，咱们怎么能对老百姓的馍馍发脾气呢？”跟着，张爱萍、赵汇川出来要求“分享”（还掰给了我一点）。愣头愣脑的小秃子看着我们吃得那样“安逸”，想“分享”已经没有了。

## 向鬼子讨还血债

王川：打时村时，突然跑来几条汉子，哭着喊着要向鬼子讨还血债。他们村庄被鬼子包围了。躲在芦苇荡中的妇女也还是被找出来了。鬼子把全村的男人集合起来，当着亲人的面对妇女轮番奸污，把儿子和母亲、父亲及女儿扒光捆在一起……把鬼子排泄的秽物向人们嘴里塞……反抗就杀……杀光了，抢光了，又放火把村子烧了。全村就逃出他们几个。血债要用血来还！他们一人借得两把菜刀，就跟着部队冲锋了——在冲锋中有的倒下了，活着的直到菜刀上沾满鬼子的鲜血，才向死去的亲人们号啕起来！……

## 天将降大任于斯人也

于思贤，为教育下一代，做传统报告的足迹已踏遍半个蓉城。他十四岁参加红军，抗战初期是新四军四师政治部的青年科长。他说：

那时，我们的青年工作很简单，就是为抗战的胜利鼓与呼！一腔报国志，甘把热血洒。刀山火海算什么，血沃我中华！今日腾飞的希望，全落在青年一代的肩上。“天将降大任于斯人也，必先苦其心志，劳其筋骨，饿其体肤，空乏其身，行拂乱其所为，所以动心忍性，曾益其所不能。”几个臭钱算什么？靡靡之音算什么？挑起振兴中华的重担，大步迈向新世纪，有什么比这更幸福、更自豪、更光荣的呢？

## 勿忘国耻，勿忘艰苦奋斗

牛健，抗战初期奔向“小延安”（竹沟镇），在艰苦奋斗中砥砺一生，至今仍不断撰写反腐败的文章。从火热的心窝里掏出两句话：

勿忘国耻，勿忘艰苦奋斗！

（离休前，陈子植、孔诚是四川省军区副司令员，牛健是四川省军区参谋长。）

# 五十年后想起的故事

## 胜利后精神大会餐

天目山战役下来，战友们疲劳得散了架，连打个招呼的劲都没了。忽闻日本鬼子投降了——是真的吗？真的！真的！疲劳一下子跑光了。只见笑啊，叫啊，跳啊，闹啊……可是，当欢呼一浪高过一浪，大家才猛然发觉，肚子里还没有食呢。粟裕司令员和叶飞副司令员想了很多办法，可是，还是没有粮食吃。于是，部队停止一切活动，全部进入"休眠"——一睡几天几夜；可是一醒，那"饿狼"又扑过来了！怎么办？——就大搞精神会餐：上海水饺、江浙红烧、广东粤菜、四川小吃、山东大饼、东北高粱、河南红苕……通通都"端"上来了，再加上说笑话、摆故事，实在是"丰富"极了。可是，却越"吃"越饿！待粮食筹到，吃着这胜利的成果，想到死去的亲人，想到牺牲的战友，大家又止不住地哭了……

## 江猪子吃不完的人

日本鬼子奸淫、烧杀、抢掠的"三光"政策给我们的亲人和同胞带来的灾难和痛苦，是罄竹难书的，仅南京就屠杀了我们三十五万同胞！加上苏州、杭州、镇江、扬州及沿江村镇的屠杀，就更难实算了。

我家离长江口不远。只见从上游飘下来的尸体，黑压压的没完没了，引得江猪子排着浪地吃死人，也吃不完……我就是在亲人和同胞惨遭杀害和蹂躏的悲痛中参加抗日义勇军游击队的。八年浴血抗战，我们终于胜利了！罪恶滔天的日本鬼子也有今天！然而，我们一起参加游击队的五个人，却牺牲得只剩下我一个了……

## 没有名字的“兵”

1938年八九月间，我们连在南通沙镇休整。有两个小孩睡在我们门口的桥上。问他们家在哪里，说不清，只说他们出去玩，回来，家被日本鬼子烧了，亲人都被日本鬼子杀了。我们伙房的老李收养了他们，行军时，一头挑着炊具，一头挑着两个小孩。不久，小的病故了；大的到海门鬼子据点去了解情况，还“缴”了只鬼子的手枪回来。经过是:他在鬼子门口走来走去，因为太小，鬼子没有留意他。给鬼子做饭的中国老头问他干什么，他说玩，要东西吃。老头把他带进去，让他帮助烧火。趁鬼子不在，他偷了只乌龟盒子（手枪）溜回来了。

在一次战斗中老李牺牲了。大家就给这孩子取名叫李强宝。李强宝人小，但勇敢、机灵，干了不少侦察工作。1945年，他混在修路的民工中了解敌情。鬼子见他小不能劳动，问他“什么的干活？”在他背上摸出两个手榴弹，就用刺刀把他捅了……

# 将军白发溢深情

## ——抗战胜利五十周年访成都军区原副司令员陈明义

明丽的阳光照耀着和煦的微风穿过浓密的绿荫，把金色的光点筛向年近八旬的红颜皓首，荡起老将军轻朗的笑声。

老将军是部书——他是中原贫农的儿子，少年参加红军，转战皖豫鄂川，爬雪山过草地，征战大西北；抗战烽烟起，屡战太行；打倒蒋家王朝了，挥师进藏。十万筑路大军，用简单的原始工具，凭着全心全意为人民服务的无私无畏的献身精神，在“生命禁区”的“世界屋脊”开出两千多公里的川藏公路——这是我党我军的一大奇迹，中华民族的一大奇迹，也是人类史上的一大奇迹——而他是十万筑路大军的司令员！西藏的山山水水融入了他多少真情呵！

红花似火醉如霞，彤彤丹心映华发。老将军的轻声慢语，掘开了时间的尘封——抗日战争开始后，他在八路军一二九师任太行军区作战参谋、科长、旅参谋长、分区副司令员。提到“百团大战”，老将军说，为打破日军的“囚笼政策”，八路军共投入一百多个团，历时四个半月，在地方武装和人民群众的配合下，共作战一千八百余次，毙伤日军两万余人、伪军五千余人，俘日军二百八十一人，俘伪军一万八千余人……打得日军哀唱“长恨歌”，全国人民则为之扬眉吐气。他和张国华将军（当时任旅长）因战功卓著，一起被历史摄入镜头——和北京革命军事博物馆的留影相比，将军那时何其潇洒、何其风华正茂呀！谈到寄语后来人，老将军久久地握住笔者的手，那温热，那挚情，就像牢牢地握住了未来！无限的期盼，凝聚成简短的话语：

仁者不忧，智者不惑，勇者不惧！
自信人生二百年，会当水击三千里！

# 白手夺刀

日军侵占徐州后，在铁路两侧修了许多碉堡。碉堡里的鬼子经常出来抢掠、杀人、找“花姑娘”，群众恨之入骨。1938年农历七月初的一个上午，榆庄碉堡里一个日军伍长，腰挂军刀、肩扛步枪，窜到梁庄找“花姑娘”。在光天化日之下，一位从徐州逃难到梁庄投亲戚的妇女，被这个鬼子抓住了。鬼子突然发现，一个正在劳动的汉子正愤怒地盯着他。他警觉地放下“花姑娘”，企图向这个汉子开枪。不料这个汉子一个箭步冲过来，把枪口一举，子弹射向了天空。这个汉子是梁庄的农民吴端胜。吴端胜不仅举起鬼子的枪口，还奋力扑上去要把鬼子摁在地上。怎奈这个鬼子力气甚大，连搬几跤也未能如愿。扭摔中，鬼子企图拔他的军刀，吴端胜一把抓住鬼子的右手，大声吼道：“还不快动手！”这时，周围几个吓呆了的人才猛醒过来，上来把鬼子按倒在地。吴端胜抽出鬼子的军刀，把鬼子的头割了下来。

事后，村里的人都非常害怕，说是闯下了大祸。吴端胜说，人已经杀了，怕也没用。叫人找一个大筐，把鬼子的尸体装上，用车拉到梁庄西山沟埋了。然后告诉大家：“鬼子来找人，都说不知道。”

榆庄据点的鬼子不知他们的伍长到哪里去了，第二天在榆庄附近的几个村子，到处搜索，抓人拷打，折腾了好几天，没有线索，只好暂时作罢。吴端胜白手夺刀的故事，很快在乡亲中传开了，都说吴端胜勇敢，愿跟他一起打鬼子。吴端胜杀死鬼子后不敢待在家里，就干脆用那一把刀、一支枪拉起了抗日游击队，到年底，发展到五十多人，编入了共产党领导的抗日义勇军二总队十八大队。乡亲们用“小放牛”传唱：

什么人保国又保家？

什么人白手夺刀杀死日本人咿呀嗨？

吴端胜白手夺刀杀死日本人咿呀嗨……

# 高路入云

# 二呀二郎山

二呀二郎山，高呀高万丈……

老人唱罢一曲高亢、优美、动情的《歌唱二郎山》，被小朋友们缠住了：二郎山在哪里？好玩吗？逼得老人只好竹筒倒豆子——把二郎山的故事都抖搂出来了。

老人说，二郎山海拔三千三百五十米，东挽峨眉（山）、西牵大金（山），蹲在四川盆地的边沿，紧紧扼住了进藏的咽喉。当年赵尔丰的清兵去欺压藏族同胞，就是从它身上踏过的呢。说起二郎神变二郎山，老人说，那真是个美丽的传说——

二郎神担山撵太阳，撵到大雪山脚下，见胜利在望了，就坐下来歇息。太阳神见他懈怠了，就抽出神光宝剑，反手向他劈来——二郎山是他的半壁身躯，大渡河是他咆哮奔腾的热血，木叶棚是他不闭的眼睛，团牛坪是他鼓胀的肚脐，滥池子是他刮破的一个脚趾……

说起“红军树”，老人陷入了感情的漩涡——

“金沙水拍云崖暖，大渡桥横铁索寒”；

“当年红军爬铁索，大渡河上英雄多”。

红军靠两只脚，一昼夜奔走两百多里，赶在敌人大部队的前头，抢占了泸定桥，打破了蒋介石妄图把红军消灭在大渡河上的迷梦。毛主席、周恩来副主席和朱德总司令，带着红一方面军，过了泸定桥，从被太阳神神光宝剑砍下的二郎神笔直的脊背上，爬上了二郎山，然后沿笔直的阶梯小路，下到团牛坪，夜已经很深了。他们就是在那阶梯小路旁边的一棵大松树下过夜的，第二天下到滥池子，吃点干粮，就到天全和红四方面军汇合了。一位红军战士，为了纪念越过大渡河的胜利，就在毛主席、周副主席、朱总司令围着歇息的那棵粗大的树身上，深深地刻下了“红军树”三个大字！

1950年人民解放军进藏部队十八军军长张国华、副政委王其梅路过那儿，还抚摸着那棵树，站了很久很久呢！那诸葛台嘛，老人说，这实际是后人对诸葛亮的传说——

说诸葛亮“七擒孟获”时，需要在大渡河那边选一个造箭的地方。这地方选在哪里呢？孟获要诸葛亮站在二郎山上发箭，箭射到哪儿就在哪儿打造。诸葛亮站在二郎山顶端的大磐石上，一箭射到了打箭炉——就是现在的康定——不信，你到康定去看，那落箭山上，直到如今，还插着诸葛亮射去的那根箭呢！

老人说，还有“猴王岩”呢，这个就太蹊跷了——

1950年，为在“古树荒草遍山野，巨石满山冈”的二郎山上开出大军进藏的通道来，人民解放军一批一批地从剿匪前线开上了二郎山。一位司务长的家就在二郎山下，他是被国民党拉壮丁抓走，被解放军解放才得救的。他被拉走时，家里还有母亲和妹妹。这次回来方知，母亲被地主逼死了，妹妹为逃避凌辱“失踪”了。群众说从此在二郎山猴子最多的地方，出现了一个猴王……那天，司务长买了些包谷返回营地，途中被猴群包围。他想：一个堂堂的解放军战士，哪有怕猴子的？谁知猴子分工合作，声东击西，进退有序，把他的一背笼包谷全“缴械”了。不但如此，还想扒他的军装呢！他一怒之下，叫骂起来，并掏出了手枪……忽然猴群像是听到圣旨似的，把“胜利品”全部交还，然后秩序井然地撤退了。当他把扔下的包谷装进背笼，整好军容，准备开路时，一声哥哥，叫碎了他的心……只见妹妹脱下猴装，又恢复了原样！

老人说，那“狗熊洞”的故事，又比较滑稽了——

群众总嫌狗熊掰包谷。可是，狗熊出没的地方，谁也不敢去。

二营几个连炊事班的饭菜，睡前放得好好的，早上一看，都被糟蹋得不成样子。是谁干的呢？营长说，先侦察清楚再说。这才放暗哨，跟踪追击，在深山老林里，发现了狗熊洞……没想到，这狗熊竟有向解放军“进攻”的胆子。

小朋友们听得手舞足蹈，好奇地问：

“这些景点还能找到吗？”

老人说：“通车后，汽车那大嗓门的吼声，那大眼睛的光束，自然把猴群和熊群逼向山林的深处去了。但是，随着大隧道从二郎山的肚子中穿过，它们受到的惊吓和骚扰少了，我想，它们‘故土难离’，总会‘落叶归根’的吧。”

一个小朋友又问：“那《歌唱二郎山》的歌为什么这么好听呢？”

二郎山是川藏线上十四座大山的起点山，而这支歌，是战斗文工团的红军老战士时乐蒙等同志和筑路的英雄们一起在泥里、雨里、汗里滚出来的，怎能不优美动人，又“青春常在”呢？

说到这里，老人又激昂地唱了起来：“二呀二郎山，满山红旗飘……”小朋友听着听着，不由得和着节拍，拍起了小手。

# 大拐弯掠影

冰清玉洁的雪山，披上太阳恩赐的红绸，俏丽、华贵，又端庄、典雅；

矫健的鹰翅，滑过淡淡洁白的云絮，隐进湛蓝、湛蓝的深空；清亮悠长的歌喉，响彻遥远、遥远的天际……

然而，这雄浑、博大、恢宏、壮美的“世界屋脊”，原来就这样“高傲”吗？号称“极地天河”的雅鲁藏布江，真的是在冰雪母腹中育成的吗？让我们走进时间的隧洞，做一番破译吧！

原来，在六千五百万年前，地球因“分热不均”而“矛盾激化”——冈瓦纳古陆和亚欧大陆拼命相撞起来，把原在海底的青藏高原，以每年二十七毫米的速度隆隆抬起；而撞击的神奇力量，在惯性的推动下，使其交合部位——喜马拉雅山系，至今还在持续地向上提升；虽然“天衣无缝”，但在板块撞击的吻接线上，还是留下了创痛的印痕——雅鲁藏布江的大峡谷。

全长两千零五十七公里的雅鲁藏布江，从海拔五千五百九十米的杰马央宗冰川问世，吮吸着冰雪的乳汁，拉起众多的伙伴，渐行渐远，汹涌澎湃起来。一路欢歌，来到藏东南米林县的派区，跌进平均深达到五百米、四百九十六公里的峡谷。中遇南迦巴瓦峰，来了个两百七十公里的大拐弯，不顾两千三百米的落差，摔得粉身碎骨，依然爬起来，吼叫着向印度洋扑去。

那U形的“大拐弯”，不是天马行空踏出的蹄印，那是高出江面五千至六千米的南迦巴瓦峰（海拔七千七百八十二米）和加拉白垒峰（海拔七千二百九十四米）隔江相望的眼神！悬崖峭壁，紧束大江。谷深切入基石，山嘴犬牙交错。谷底江宽八十至二百米。平均流速每秒十六米，最高流速每秒二十三米，发电能量可达两亿五千万千瓦。“南水北调”，可缓解大西北二十六亿亩土地的焦渴——这献给新世纪的瑰宝，怎能不牵动华夏儿女的心魂，让世界惊艳啊！

何况，在“大拐弯”的怀抱里，还珍藏着璀璨的明珠——“高原上的西双版纳”、“雪域孤岛”——墨脱。这里有世界难得的“自然博物馆”和“基因库”：五千六百余种维管束植物、四百余种真菌、六十余种哺乳动物和一千五百余种昆虫，在这儿“物竞天择”，争奇斗艳，生机勃勃。

不仅如此，“大拐弯”还把孟加拉湾多情的暖湿气流，带着风雨雷电招引过来，育出了西藏的“江南”——从察隅到米林一线，有我国二分之一的茫茫林海，有然乌湖的明眸皓齿、桃花山的红颜翠袖、青枫峪的轻歌曼舞、尼洋河的浅吟低唱……

当“白发三千丈”的瀑流，以雷霆万钧之势、翻江倒海之威，响着震山裂谷的涛声，喷着遮天蔽日的迷雾，搅来流岚虹霓，把四季景物浓缩成垂直的画图，遥挂在蓝天和白云之间，从海拔一百五十米的最低处向海拔七千七百八十二米的高处深情地望去，我们又怎能不为伟大祖国这立体的、全方位的、重量级的奇景而酣畅地陶醉啊！

# 春　歌

一只蜜蜂飞到我凭窗凝目的脸上，把我温热的清泪当成春的液汁，轻轻地吮着，吮着……

这里花露重、绿叶浓、薄雾轻，四季飘浮着青青的迷人的春色。这里，有我高等学府的讲台。然而，既非厌弃这里的温馨和繁荣，又非向往高原的冷峻和荒疏，我为什么要提出去西藏——去西藏中学教书呢？

“祖龙力驱不肯去，至今鞭血余殷红。”

1950年10月，在向西藏进军的昌都战役中，父亲已是一个身经百战的指挥员。为冲破金沙江对岸的防线，他乘牛皮船冒着密集的弹雨抢渡，被击落江中。他划过湍急的寒流，游上对岸，追歼逃敌，攻入昌都，活捉英国特务福特，把红旗插到澜沧江畔，为和平解放西藏启动了谈判的闸门。修筑康藏公路，他吞野菜、融冰雪……但在“文革”中，却有人说他暗通福特，并从福特那里捞到过八块金砖，被打成“甲级牛鬼蛇神”锒铛入狱。打倒“四人帮”，他“十年见红日，一呼双泪流”，又恳恳切切，要回西藏……

如果说澜沧江是头不驯的牦牛，那么，昌都就是它的脑袋，昂曲河、扎曲河，就是它深深扎进雪山丛中的两只角……诉说着它美丽的传说，就会看见妈妈那被昌都的风霜染成雪色的鬓发和那满是皱纹的面容……

中学时，那火红的时代大潮让她如痴如醉地爱上那时代的大英雄——解放军，她投笔从戎了。

她像绿油油的禾苗，沐浴在甘甜雨露中。部队里的一切，没有她不喜欢的，一朵朵模范的大红花，给她攒出了上尉军医的三颗金星。然而，正当她幸福生活的金秋季节，却被说她和爸爸在感情上划不清界限，被开除了党籍、军籍，历经磨难才得以恢复。

往事如烟！可是，每念及这些，我的脸上又总要滚下大颗大颗的泪珠……

算了！算了！抱着这样的“蜂箱”进藏，去酿蜜还是去蜇人呀！

蜜蜂喝足我的清泪，歇过脚，带着几分谢意，又盈盈起飞了。

# 血　娃

一天，在“锦官城外柏森森”的武侯祠前，我被一位活菩萨似的藏族老阿妈拦住了。她吃惊地望着我，热泪盈眶地叫我说：“大本博……”

我微笑着努力回忆老阿妈是谁。老阿妈深情地说道：“啊，那不是美丽的彩虹，那是通往幸福的金桥，那是筑路部队的青春和热血……”

老阿妈的话语终于唤醒了我尘封多年的记忆……

那是1953年夏秋之交。

中国人民解放军第十八军进藏筑路部队的战士，用他们的青春、热血和生命，加上简单的原始工具，把康藏公路这条巨龙，背过雀儿山，背过金沙江，背进了平均海拔四千三百三十四米的邦达草原。空旷、辽阔、广袤的邦达草原，回荡起豪放的笑声，伴着十字镐叩击顽石溅出的火花和“雪花儿飘，汗水儿淌，我们把荒山变了样……”的歌声，热火朝天地锻打出古老苍茫的壮美……

蓝天白云间，溢着原始草香的小径上，出现了几个晃动的人影。一个身背重负的女奴隶，在皮鞭的驱赶下，满头大汗，满脸泪水，艰难地移动着摇晃的脚步，眼看接近部队的帐篷时，“哇”的一声蹲下了。当皮鞭再次落到她身上的时候，陈清源等几个女兵围了上来：这女奴在皮鞭下临产了……

唉，冰河里的冰是冷的，领主的心是黑的，就是慈祥的天神，悲切地看在眼里，也只能默默无语！

首长们都到工地施工去了，我因守电话留在家里。

女兵们让我以“本博”——当官的名义，求执鞭者发点“慈悲”。

我是在旧社会的苦水里泡大的，对受苦人有着本能的同情和支持，对施虐者有着本能的反抗和仇视。何况，我们进藏的使命，就是要把百万农奴从深沉的苦难中解救出来，我怎能去“求”执鞭者发点慈悲呢？……然而，根据党的政策，进藏部队不仅要严格遵守藏胞的一切风俗习惯，更重要的，还要团结三大领主，在他们能够接受和乐意的条件下，才慢慢地进行改革……于是，我只好把愤怒压在心里，然后露出笑脸，以礼相邀，把执鞭者请进我们的帐篷。我把自己仅有的过节时发的舍不得吃的几个糖块和首长们没有带走的几支纸烟拿出来，用我刚学会的藏语和执鞭者攀谈起来。原来，执鞭者只是大头人的一个小管家。他把那几个糖块和纸烟视为难得的宝物，毫不客气地抓起揣进怀里，还把一支纸烟得意地夹在耳朵上。我把仅有的一件衬衣，托他转给那个女奴……

在女兵们的羞涩、爱怜和无奈中，女奴的血水流进了荒寂的泥土，然后，她扎起烂皮袍子，把血娃儿揣进怀里，背起一百多斤重的皮口袋，又踽踽上路。当看到我和执鞭者从帐篷走出，执鞭者在我们的感召下，对她流露出一些宽大时，她身不由己地向我这个“大本博”嫣然一笑，滚下晶莹的泪花……

啊，流年似水，转眼已满头霜雪！

我强忍着激情，紧紧地抓住老阿妈的双手，忙问：“你的‘血娃’呢？”

不料，活菩萨似的老阿妈，激动得颤抖不已，抹着泪说：“‘文化大革命’被投进牢狱，还弄去‘陪斩’……”

我忙问：“他叫什么名字？”

老阿妈说：“他叫郎杰……”

啊！老阿妈泪流满面的颤抖，震破了我心灵的又一叶天窗……

那是1970年严冬飘雪的早晨，一个藏族小伙子满脸热泪地唱着“敬爱的毛主席！我们心中的红太阳……”卸下镣铐，赤裸着上身被五花大绑地带走；中午，又热泪滚滚地唱着《大海航行靠舵手》被带回来，卸下五花大绑，重新锁上镣铐关进“单间”。

我们两个的“单间”仅一墙之隔。我被小伙子热爱党、热爱毛主席的真情深深地感动着。“单间”，只有两个平方米左右，吃喝拉撒睡全在其中。小门用大铁锁锁着，门上有个可以开关的小洞，给糌粑、茶水和倒便盆，皆从这个小洞出入。“单间”高高的墙上端，有一个小铁窗，九十点钟可以投进来一缕金带似的光束。“单间”门外，是又高又厚的大围墙，上边有固定的哨位和来回巡逻的哨兵。监管很严，不准犯人说话，但大声唱歌颂党和毛主席的歌曲，监管们听着，怕落上反党反毛主席的罪名，也不敢硬性制止。我和小伙子就通过歌声来交流感情。有时我大声歌唱，他撞击镣铐为我伴奏；有时他大声歌唱，我朗诵毛主席的诗词为他壮威。我背《毛选》四卷，他也跟着背，有时一天可拿下两三页。

我们隔墙私语。

小伙子说，真理的苦汁，比蜜饯有益。太阳的光辉遮不住，真理的火焰扑不灭。和真理在一起，就是和幸福在一起。还说，宇宙的明灯是红日，人类的明灯是知识。知识是人们心灵的甘露，失去露汁心灵就会像冬草枯萎。世上唯有知识能使人倾倒，痴情的恋人比不上知识俊俏。不吸收知识之光，心灵就会被黑夜笼罩。只有心中充满知识的灵光，才能自由翱翔在苍穹的怀抱……

那么，这样一颗酷爱真理和向往知识的红心，怎么会走进“单间”呢？

原来，他叫郎杰，民主改革的春风把他送进党和国家在古老的荒原上建的比较完备的学校。他憨厚、正直、聪颖，继而被送到北京培养，正像“早上八九点钟的太阳”，成了翻身农奴中的第一代工人。正因为酷爱真理、追求真知又憨厚正直，他像不知拐弯的洁白的雪峰，对“毛主席思想是马克思主义发展的顶峰”在学习会上提出了质疑，说“那‘顶峰’不是到头了吗？”话音还在空气中回荡，就被打成“反林（彪）副主席”的“现行反革命”弄去“陪斩”，还差点毙了。

“喜马拉雅山再高也有顶，雅鲁藏布江再长也有源。”他悄悄地问起我来：“那么，你呢？”

我悄悄地回答几句，被暗暗巡查的所长发现了。他骂道：“赵先前！你这个反革命分子，还敢串监！”

我无愧于心，无愧于党。“杀头不要紧，只要主义真”，我恨不能早一天高呼着“共产党万岁！”“毛主席万岁！”将满腔热血洒向祖国的大地……我大吼着表白起来：“我出生前两个月，当浍河水被革命者的鲜血染红时，我父亲突然消失了！一去十年无消息。五岁时，母亲被贫病夺去二十八岁的生命。我只有个比我大三岁的姐姐，送给比她大二十岁的傻子做了童养媳。我在家神不收、野鬼不要的苦难中活了过来。抗战时期，我父亲像从地下冒了出来。于是我十五岁受父命参加了新四军，终于投进党的温暖的怀抱……”

“效果”立竿见影：所长不愠不火地卸下我的“土”铐子，把我的双手反剪后背，用动一动紧一格、可以吃到骨头的现代化的铐子锁上了。

随着所长脚步的消失，传来郎杰炙热的话语——

山鹰不怕劈头风，好马不怕崎岖路；
英雄不怕艰险，艰险锤炼英雄；
要吼就像雄狮那样吼，要飞就像雄鹰那样飞！
飞来一只乌鸦，并不就是冬天。
乌云染不黑蓝莹莹的天空，
冰雪压不弯挺直的山峰。
不怕山高，就怕脚软；
无志山压顶，有志人搬山。

困难是懦夫回头的便桥，也是勇士前进的阶梯。云霓的颜色很鲜艳，可它不会长久；松柏的颜色并不美，但它却万年长青。

在无畏的战士眼里，即使那耸入云天的山巅，也不过是锻炼脚板的云梯。

正直的心始终平和而坦荡，即使在巨大的困难和厄运之中；猛烈燃烧的火炬，上下翻举，也仍然大放光明。

没有霜雪显不出红梅的耐寒性格，没有困难显不出革命者的雄心壮志。

反剪双手安上这样现代化的“装备”，一般是难以入睡的。然而，领略着翻身农奴第一代工人的英雄气概和崇高的思想境界，我频频梦见了毛主席，受到毛主席的抚爱，而每次醒来，又都是满脸泪水……

犯人一月两次在小院里晒太阳（放风），轮上了我们。不料，我在残酷的战争年代冲锋陷阵，患上了癫痫病，此时因中断服药，在阳光的曝晒下又复发了。醒来时竟躺在郎杰的怀里！而郎杰为我又活了过来，高兴得滚滚热泪早已打湿了我的囚衣。他悄悄告诉我：他在皮鞭下来到世上，是十八军的女兵和一个“大本博”救活了他们母子……

那个所长，哼着“对敌人的仁慈，就是对人民的残忍”来了。他凶狠、憎恶地骂道：“赵先前！你装死也永世不得翻身！”

回到“单间”，郎杰说：“雅鲁藏布江源头的流水为什么那么清纯，因为吮吸着雪山的乳汁；雪莲花绽放的花朵为什么那么圣洁，因为生长在高高的雪山上。”他不解地问：“你吃着党的奶水成长，怎么也会‘永世不得翻身’呢？”我这才如实相告——

“大跃进”时，我在内地学习，大炼钢铁，作为党支部书记，我七天七夜未下“火线”，但把好好的铁锅和难得的农具，炼成了毫无用处的铁疙瘩。到农田抢收，饱满的谷穗和硕大的红苕，已烂在地里……1960年回到皖北老家，公社化、大锅饭，不少村庄已不见炊烟；好好的农田被“河网化”挖成纵横交错的“交通壕”。但隔河相望，我看见我们庄上粗壮的谷穗随风摇摆，不禁暗暗为我们庄上的人高兴。过河乃知，那是疯长的狼尾巴毛叶草！

两位硬撑着的老农，知道率领我父辈投入革命的二老爷在北京任海军参谋长，就苦苦求我通过他转告党中央和毛主席：能不能让地给农民自己种，国家要多少粮就交多少粮，国家省心，农民也有了奔头……我到海军司令部，工作人员说我二老爷出国访问去了。失望中，我在本子上记下了：“担心党和毛主席会不会万一犯错误……”

我忙问老阿妈：“‘血娃’现在呢？”老阿妈又涌出热泪：“‘血娃’要接过十八军老一辈的枪——成了金珠玛米……”

我紧紧握住老阿妈的双手，正感动得热泪盈眶，突然被一双大手从背后捂住了眼睛，待弄准是我亲爱的郎杰，我的“铁拳”抡向了高大健壮的金珠玛米……

# 在昌都小土屋

新四军四师的老人都知道使敌人闻风丧胆的“王大头”——王其梅。

苍凉破旧的小土屋，淡淡酒香从透风漏气的隙缝中飘散出来。

西藏人民的解放、发展、繁荣和幸福，当然离不开祖国大家庭各兄弟民族的帮助，但归根到底，还是要靠西藏人民自己，靠西藏人民政治、文化素质的提高。

我们都是无法选择地被历史推出来的。严格地说，个人是没有办法也是没有责任的。尽管阶级不同，但是只要不阻挡历史的脚步，就不但会得到人民的宽大，而且还会在历史的发展中作出积极的、有益的贡献……

这是进藏先遣部队司令员王其梅在宴请昌都各界头人时的讲话。但他在陪客中却吃起另一种“美味”——发起昌都战役时甘孜的“野菜宴”。白水代酒，芬芳清冽。头人们吃得酒足饭饱，王其梅也“吃”得心满意足。

头人们带着仆人、武卫，扬鞭跃马，纷纷离去；王其梅在荒坝的寒风中捧起洁白的哈达，一一送别。

当一阵狂风卷着黄沙碎草狼群似的向他扑来，他蓦然回首，却被一对死死盯住他的眼神锁住了，这就是头人们借着酒兴眉飞色舞夸耀的守护土屋的精灵？

母亲生他们时被赶进牛棚，用舌头舔干羊水。而伴随他们的是受冻、挨饿、抽筋、剥皮、挖眼……不见黎明的岁月！

她顶多十一二岁！那光身裹着的烂羊皮，怎能挡住这刺骨的寒风？那抠进枯草的小脚丫，怎能挖出这隆冬的温暖？看着四川坝、云南坝空落落凄凄冷的荒凉，看着昂曲河、扎曲河上颤悠悠、衰朽欲断的木桥，看着她淹没在昌都灰蒙蒙一派土色中脏乱不见光泽的头发，听着澜沧江如泣如诉的呜咽声，王其梅落泪了！他亲昵地抚摩着小孩的头，孩子忽闪着娇羞的大眼睛，从怀里摸出个小木碗来。

王其梅用自己仅存的细粮——饼干，拌着洒落的泪花，把孩子送走。忍着辘辘饥肠，他抓起粗糌粑“锻炼”起来，边吃边学藏话，一个音发不准，他就在自己的嘴巴上狠狠地扭一把：党派我到河南工作，我的湖南“蛮”腔不是很快就变成了“侉”调吗？不会藏话，怎么到拉萨工作！

他脸盘红涨，嘴唇发乌，加上他的执着，吓得通讯员小张怦怦心跳，只好把手藏在背后，摆出淡淡的架势：“四号！瞧您快成‘大头’关公啦！怎么，胡子也白了？”对方瞧他一眼：“不把这两手练出来，怎能把红旗插上拉萨、插上边关？”小张突然端出白白的细糌粑和散发着乳香的新鲜酥油道：“这可是爱国进步人士的心意呀！这可关系到我们党统战政策呀！”“这怎么回事？”“是阿沛·阿旺晋美先生派人专门送给您的！”“啊！心诚则灵！”王其梅心里一颤，又恢复了老样：“粗糌粑才是藏胞的主食，我们要练习吃，必须从‘大处’着手。爱国人士的心意，我代表咱们大家领了。病号正需要这些，快快送去！”

“是。”无可奈何飘去的清新的乳香，更表现出王其梅的胸怀。

然而，小张却不服了：“爱护首长就是爱护革命！”“您的胃在华北监狱绝食受过摧残！您吐出的糌粑带血！您拉不出屎来自己用手抠！您血压高！呜呜……”“大头关公”反而咧嘴笑了：“‘天将降大任于斯人也，必先苦其心志，劳其筋骨，饿其体肤。’咱们要解放西藏、建设西藏，要让藏胞过上美满幸福的生活，这是多么大的‘大任’啊！和百万农奴比，咱们生活够好了！”“身体是革命的老本，我要对您的‘老本’负责！”小张朝脸上抹了一把。“大头关公”从小张的眼神里像是发现了新的“鬼气”，忙导而诱之：“衣可蔽体，食足果腹，能保住老本不就行了吗？”

小张神出鬼没地拿出一条大鱼来：“首长！谈不上调养，只是给您个缓冲的时间……”看到他严峻的目光，忙笑嘻嘻说：“一个藏族小伙子从怀里掏出鱼来，问我要不要……”

“你知不知道这是藏胞的水神？”

“悄悄的没有人看见！”

“你知道不知道：‘靠政策走路’？”

“我给了他一个大洋呀！”

“住口！我要你不做‘贼’不是教你如何去做‘贼’！”

“那……”

“悄悄地买来，悄悄地放回去！”

那高原无鳞鱼也真“神”，离开水面这么久，竟还活着，张着大嘴，哈达哈达的，像说着“谢谢，谢谢”，又回到了江河。

一声“报告！”打断了王其梅的“苦练”。

女兵们组成牦牛运输队，一个个挺着风雪烈日画出的大花脸，由王先梅带领着“摸爬滚打”地赶上来了！……

感动得太阳老人，微笑着，霎时，飘起了大片大片的雪花……

（王先梅是王其梅的夫人，早年参加革命，在新四军四师《拂晓报》工作。）

# 西部大开发先行者的英雄史诗

## ——十八军进藏筑路部队片断

“三个代表”把“三讲”推向新的深度和广度，

吹醒春天的风，吹奏起西部大开发的乐章……

神龙不但已昂首云端，那苍劲的尾部也要从深潭中跃出了！

不尽的豪情，飘逸出过往的陈香……

天不下雨就落雪，“海拔三千三，上下九十里”的二郎山，雄踞在四川盆地的边沿，紧紧扼住了通藏的咽喉。国民党时期的刘文辉虽修过所谓的“公路”，但早已成了“烂肠子”。启动西藏和平解放的昌都战役即将打响，不解决二郎山的交通问题一切都无从谈起。1950年6月，十八军五十四师一六二团从剿匪前线像一把利刃劈向了二郎山——没有钢钎自己打，没有扁担自己做，没有撮箕自己编，没有住的架帐篷，没有粮食吃野菜。发烧、恶心、呕吐、拉肚、鼻孔出血……最好的享受和治疗是喝点辣椒汤！没日没夜地战塌方、撬顽石、挖稀泥，汗水和着雨水、泥水，人变成“泥猴”，军装变成“呢子”的。车滑把被子填进去，工具不够用手挖，挖得十指出血……感动得西南军区战斗文工团的老红军作曲家时乐蒙等和大家一起在汗里、雨里、泥里滚——滚出了家喻户晓的名曲《歌唱二郎山》。

把二郎山掰开的是大渡河。大渡桥横铁索寒！凌空悬架的铁索桥，是康熙年间建造的。单人行走尚惊魂落魄，现代化运输自然更难承受。靠新造的木船把汽车“化整为零”运过去，再“化零为整”地向西开去。

“万里风雪盖高原，大渡河水浪滔天！”

8月的大渡河咆哮奔腾，惊天动地。一个滔天巨浪，把一只汽油桶从船上掀进河中，跟着，六连战士牛武孝一个猛子扎了下去。寒冷刺骨的雪山融水，如万箭穿心，然而，牛武孝却抓住汽油桶死死地不放，一会儿被漩涡卷进水底，一会儿又被大浪托了出来。岸上的人奔跑着叫他把桶放下，他却“置若罔闻”，直到数里之外，才侥幸被巨浪推向岸边。大家骂他“不要命了”，他嘿嘿笑着说：“没有汽油，那汽车还不是死家伙！”——无私无畏地谱出《英雄们战胜了大渡河》！

民谚云：“爬上雀儿山，鞭子打着天。”

1951年在“十冬腊，学狗爬”的季节，十八军五十三、五十四两个师背着老武器（枪炮）、新武器（施工工具）和吃的（干粮）、住的（帐篷），每人负重七八十斤，口里像塞团棉花，头胀胸闷地向海拔五千三百米的雀儿山爬去。有的人累倒了，在抬往山下抢救的途中牺牲了；有的人睡前还又说又笑，早晨却怎么也叫不起来，一摸，身体已经凉了……

数米深的冻土层，一镐下去一个白印，虎口震裂了，鲜血沿着镐把滴进冻土，凝成艳丽的“红玛瑙”，靠“火攻”，才一层层揭开这原始“鳞甲”。在峭壁上“悬空打炮眼”，一根根绳索系着一个个战士，像一串串葡萄遥挂中天。当“满山炸药响，碎石四下崩”时，沉雷滚滚——是山岩坠入深谷的回响；水柱冲天——是巨石跌进激流溅起的浪花；“铁山也要劈两半，不通也要通！”——是勇士们迸发的呐喊！

“帐篷架在山坡上，树枝铺在雪地上”，“早起晚下工，热血挡冷风，和雪吞糌粑，带血吐出来！”……

爆落的岩石把搞技术革新、将工效提高几十倍的小炮班长张福林砸伤了！鲜血映照着洁白的冰雪和凝重的山岩。给他打针、敷药，他坚决不要，他说：“我不行了，把药省下来抢救其他的同志吧！”要把他抬下山去，他也坚决不干，他说：“我不行了，不要耽误施工！”他交完最后一次党费，给指导员说的是，请指导员代他向组织检讨“我没有注意好安全”。他留下的遗物，除了几枚奖章，就是他悄悄从四川买来带给西藏的几包种子！

接着，是“六月雪，七月冰，八月封山九月冬”“雪花飞满天，冰雹砸破脸”的矮拉、加皮拉、达马拉、色齐拉、雪齐拉……一座又一座大山。虎口裂了，用粗线缝着。“痛吗？”“不痛——缝的是死皮！”一只脚肿得像两只脚，穿不进鞋子用烂布包着也要“千年冰雪脚下踩，敢把公路修上天”

的千锤英雄杨海银，依然雄风不减！——在“背”着公路前进的日日夜夜里，这样的“千锤英雄”又该有多少啊！

每秒流速九米、震山裂谷的怒江天堑，挡住了十万筑路大军的去路。而十万大军却只有一只橡皮舟。

一六二团四连班长李文炎接受了和怒江搏斗的使命。有着细高个子的李文炎，不是“手把红旗旗不湿”的弄潮儿，他是个地地道道的“旱鸭子”。是他咬住“打江山要流血牺牲，建设江山也要流血牺牲”的硬道理，几经沉浮，最后在工程师张天翔设计下，像放风筝似的用铁丝拴住橡皮舟，边流边放，才巧妙地在涡流的翻卷中渡到对岸。

然而，壁江而立、笔直如削、直上一千九百米的巍巍雄山，又拦住了去路，勘探人员无能为力地在这儿画上了“悬线”。可是，不摸准它的脉络就无法架桥、开路。是排长崔锡明像壁虎一样攀上崖壁，抠得十指出血才终于看到了究竟——然而他却下不来了！脚下是如群雷迅跑的涛声，对岸是军师首长和战友们期盼的目光。伴着夕阳西下的山影，上下左右的大绝壁，像慢慢收拢过来要把他化为乌有的魔爪。“抠”回去？看着那明灭的血迹，已绝无可能。向前“抠”去？既不见“边境”，也不见微小的抠缝。向上——不但高山不可测，而且巨石前倾，仅仅仰望已不寒而栗……怎么办？要保住这探险的“成果”，最大的希望，只有“闭目落千仞”——只要不被怒江吞掉，就还有万分之一生还的可能。于是，他抽完最后一根烟，在对岸首长和同志们惊悸的呼叫中，他掠起飞沙走石，箭也似的“射”了下来……至今，那里还留着“征服山”三个惊天地、泣鬼神的大字。

公路延伸到西藏的“江南”——波密地区波斗藏布江沿线。百年未遇、连下数周的大暴雨，不仅淹没了新修的路面，而且使山体崩塌、流沙倾泻、泥石流肆虐。工八团一个整排因山体崩塌葬身江底后，一五七团六连四班在“老虎嘴”上又奏出了悲壮的浩歌——在歌声、笑声、呼叫声伴着雷声、雨声、江涛声的酣畅淋漓的大干中，激流狂涛已把“老虎嘴”下掏空了，一声断响，还没有愣过神来，全班就跟着“老虎嘴”轰然沉入江中！班长张耀德和战士梁兴邦拴着一根绳子在空中摆荡起来，眼看拴绳子的树根松动了，张耀德大叫一声：“你比我小——你留下！”便断然撒手没入了激流！——就是这个张耀德，第一个提出“长期建藏的思想”——他多么平凡，又多么伟大！

再看，洪水暴涨把一块高地上的群众围起来了。哭救声，使战士殷相光顺势伐倒一棵大树，群众在树上走，他在水中扶，当最后一个小孩得救时，大树和殷相光一起被洪水卷走了——得救的群众又恸哭声起，这是为殷相光求救了……

那么，经过五十年岁月的淘洗，尚在的“老西藏”们又怎样了呢？

且看当年十八军的参谋长、筑路大军的司令员陈明义将军。他十四岁参加红军，在刘伯承元帅身边当参谋，长征中，见证过刘帅和汪永华“鸿雁传书”，喜结良缘的美事；在徐向前元帅身边当参谋，在西路军处于绝境的荒漠中，协助徐帅脱险一起回到了延安……在藏几十年，不但解决了地上跑的（指挥修建川藏公路、中尼公路等）、天上飞的（指挥修建当雄、贡嘎和邦达机场）、地上栽的（苹果等）、口中吃的（蔬菜等），而且为伟大祖国建设了四千多公里长巩固的边防线。喜马拉雅山的风雪，有他因缺氧倒下而惊起的呼号；莽莽荒原的乱石丛中，有他赤脚戴着草帽，冒雨挖坑植树的身影。当岁月把他推向耄耋之年，他写成了十多万字绾着西藏情结的传记，书名就是《高路入云端》……其他的“老西藏”，有的年逾八旬仍重攀“世界屋脊”，去博采那“旧貌换新颜”的大喜大乐；有的八十八岁献华章——顶着酷暑秋热从心底奔出《赴萨迦慰问纪行》；有的忙写交通史；有的赶编《从豫皖苏到西藏高原》；有的任《西藏风云》顾问；有的撰写《珞渝风情》，呕心沥血……

艾青说：“为什么我的眼里常含着泪水，因为我对这土地爱得深沉……”“特别能吃苦，特别能战斗，特别能忍耐，特别能团结，特别能奉献，特别能创业”的“老西藏精神”，不正是这泪水的结晶吗！

# 把幸福带给康藏人民的英雄们

很多朋友来信问：在康藏高原筑路的英雄们生活得怎样？字里行间充满着对他们的关切和热爱。我该怎么说呢？

康藏地区有着辽阔的沃土和森林茂密的川谷，建设它的确是艰苦的。但经历过无数次战斗的同志们却工作得那么乐观、快活。

那是1951年10月，某部战士去抢修某处险工。要到达目的地，必须翻过三个一个比一个高的大山头（每个山高约四十华里）。当同志们爬到第三个山头，离山顶还有九华里的时候，太阳已经落山了。这时大家肚里又渴又饿，走两步就出汗，稍一停汗水便变成冰，冷得心颤。得雪盲的同志，只能戴着有色镜走路，一站起来，冷、饿、渴、累一齐袭来，眼前直出黑圈。忽然，有人喊出："同志们加油啊！向拉萨进军，军长、政委还坚持爬山哩。谁是英雄好汉，山头见！"回头一看，原来是邓上士。他和大家一块爬山，开始他还说些幽默的话，以后就不吭声了，脸上的汗珠像豆粒子似的。同志们以为他得了什么病，都围着看他，问："怎么啦？"他喘了几口气，待心跳得平稳些以后，说道："你们爬吧！我可以赶上。"

团政委肩上搭着一只二十来斤重的米袋子，也赶到了。跟着，经过长征的另一位首长也来了，他看了看说道："邓上士，拣一个大米袋子给我。"邓上士看首长们都在，再停下来，他带的东西一定会被他们抢着代他背的，便笑呵呵地艰难地向上爬。摄影员在头里拦住——把背包一放，硬要摄个影。当他们继续前进时，班长齐法志同志昏倒了。呼啸的山风，飞卷着碎银似的雪片，扑向人们的手和脸。两个同志马上放下帐篷，背起了齐法志。大家就这样互相鼓励着，互相关照着，爬上了山头。

山头上云雾一集，天又变了：夹着雪团、冰雹的雨，降下来了。一片山的海洋，霎时变得这样阴恶、沉重和可怖！衣物淋透了，但同志们的劲儿并没有松懈，有的拉人唱歌，有的喊口号。

赶到住地时已九点多。同志们宿营在山坡上，每人吃了一缸子半生的饭。帐篷又漏水，睡到天明被子还是潮湿的。掉队的同志，有连夜赶上来的，也有在山上宿营的。第二天拔起帐篷要走时，有人跑来说，附近雪里埋着一个人。战士们急忙跑去拨开雪一瞧，是二营司号员，背包还拴在身上，衣物快冻成一团了。他嘴唇发青，解开他的上衣摸摸心脏，还微微地跳动着。给他灌了热汤，打了针，才把他暖过来。他马上就抖擞精神地说："文书带我到这里，说去找住地，叫我在这帐篷里待着。我想可到住地啦，歇了一歇，谁知一坐就睡着了。"同志们抬他走了二十多里，他怎么也不让抬了。他笑呵呵地和大家一起走起来。

劳动是幸福、愉快的呀！是的，为人类的永久幸福，为壮丽的共产主义事业而劳动，以至献出自己的青春和生命，就是无比幸福，无比愉快！让我再举个例子吧。

去年3月间，部队进入米拉山工区，要在山腰——离山脚一千米的地方开出路来。这里，上仰悬崖，下临深谷和湍急的金河；每天上午八时至下午四时，狂风大作。

当工程进展半个月之后，困难更多了。挖土方的，肩部已压得红肿起来，开石方的，手上起了血泡。人们在肩头上垫着棉团，用布缠着手，咬牙忍住疼痛，在十米内仍然保持每分钟五到七趟的运速。鞋底磨穿了，就缠上烂布。每当早晨六点钟，人们就冒着寒风，扛着工具，背着锅，抬着水以及笨重的木料，昂然地爬上山去。午饭时，你可以看到正念着墙报的人，会突然被风堵住嘴；白白的米饭，会突然蒙上一层黄沙。但他们往往揩揩眼，又继续念，继续吃下去。这需要怎样的坚强和毅力啊！当他们经过伙房看到柴火用完了，他们就知道明天又是星期日啦！对筑路的人们，星期日是个实实在在的"劳动日"。轻病号要负责洗衣服晒被子，其余的伙伴，有的去砍柴，有的去背米、运工具。不这样，就要失掉最起码的物质保证，下周就会被迫停工！

当你走上他们的工地，那里的景象会使你悚然心惊。在那笔陡的峰棱上，几十个人在云烟中系在悬崖上撬石、打锤，脚下远处是浑黄奔腾的金河，脑袋上面是欲坠的怪石。

就在这里，涌现了许多的英雄事迹：

有一天，战士李文化，一个能干、漂亮、惹人喜欢的小伙子，正悬空撬石，突然一阵地动，坠下块巨石，把系在他身上的三股绳砸断了两股，他躲开石头时身子一闪，撬石的钢钎“铛”的一声飞下了深谷，他连晃了几下，最后一股绳被挣断了，他就跌下去了。同志们急忙下山找到了他。他头部摔伤了几处，身上碰伤几块，牙齿掉了五颗。摸摸他，还有气，同志们把他送到医院。一周之后，他又恢复了工作。

同志们还要和高原地区恶劣的气候作斗争。

7月间的雀儿山，冷得惊人，而在怒江，却干旱、闷热。

同志们要在一处淌沙的地方挖出路来。风撮着灰沙，直往眼里、嘴里钻。戴上风镜，烫得令人难受；戴上口罩，闷得出不来气。沙土被晒得灼人，无法穿那胶制的鞋子。睫毛上、耳朵里是土，汗和土混起来，成了泥汗。挖出一锹土，风又给你刮回来一半。但在他们脸上你找不到一丝苦楚的影子。下工号一吹，他们跑到江边洗洗脸，喝过稀饭，就去打球，排演节目，学文化。天一亮，他们又扛着工具雄赳赳地上工了。

英雄们不但要开“铁山”，还要征服“冰河”。

那是10月间的一个早晨，霜冻成了碎冰，湍急的河水带着冰块奔流着。几十个架桥的人来到了河边，他们脱去皮大衣、皮靴、皮袄、皮裤、皮帽子，一个接一个地跳进了深水。他们呼喊着，说笑着……但一会儿之后，他们的说笑声低下来了，原来他们的下巴骨打战打得更紧促、更响了，他们颤抖的身躯渐渐麻木了。拿着大衣蹲在岸上的团政委，额上冒出了冷汗，他想对他们说些什么，但什么话也说不出来——世界上有什么话能道出英雄们的心声呢？就在这时，播音器传出了孩子的声音：

“亲爱的叔叔！我们能在祖国温暖的怀抱里安静地学习，这是和你们分不开的！我们虽然还隔着几千里路，看不见你们，但你们的生活、工作与学习，是我们最挂念着的。叔叔！这不只是我们心里的话，也是全国小朋友要说的话，全国人民要说的话！”

“我们一定要把桥修好！”他们激动地呼应着。

共产党员马学清，一头钻进水底，当他回到岸上时，失去了知觉，他醒过来头句话就是：“桥——桥架好了没有？”

亲爱的读者们，我不再多说了。让我们永远记住在最荒寒的地方献出自己的青春、献出自己的生命的英雄们。让他们的美丽的思想，永远埋在我们心灵的深处，生根、开花、结果吧！

# 浩气碧血化春龙

千百年来，藏族人民就渴望有条彩虹般的大道通往祖国内地。中国人民解放军，“进军西藏，不吃地方”，“为了帮助兄弟民族，不怕困难，努力筑路”，仅康藏线上就有十万筑路大军。1953年西南军区后勤部长余秋里同志视察康藏筑路部队的片断，是新近漫过我（指王干——笔者）心头的一泓清流——

湛蓝湛蓝的天空，万里无云。几只苍鹰打着唿哨在高空盘旋。一座座积雪的山峰，冰清玉洁，在九月的艳阳下，飘逸起舞。在烈士墓前肃立的余秋里同志，那只空袖筒在微风中抖动，眼泪静静地滚落下来……

张福林烈士长眠在雀儿山南面郁郁葱葱的丛林中。我作为筑路部队后方司令部的科长，伴随余秋里同志前来瞻仰。透过余部长晶莹的泪光，大战雀儿山的情景，再现在我的眼前——

民谚云:爬上雀儿山，鞭子打着天。我们扛着新武器（施工工具）、老武器（枪炮），背着吃的（干粮）、住的（帐篷）和生活用具，每人负重八十多斤，心口像塞团棉花，胸闷气喘，一步三摇，走走停停，艰难地向雀儿山顶爬去。有的人倒下了，在抬往山下的抢救途中牺牲了；有的人睡前还谈笑风生，第二天却怎么也叫不醒，一摸，身体已悄悄地凉了……这支来自中原地区的部队，在渡江南下和向大西南进军中，爬过不少的大山，但却缺乏对付高山缺氧的经验。有些勇士，还没有施展才干，就这样牺牲了。

施工中，首先遇到的是几米深的冻土层。一镐下去，一个白印。虎口震裂了，鲜血染红手柄，滴进积雪，但感动不了山神。在重峦叠嶂挖石方，靠搭着人梯上下，一根根绳索，系着一串串勇士，悬空打炮眼、撬顽石，远远看去，像满枝累累的葡萄遥挂中天。山风吹来，整个大山都像在狂吼乱颤。

当“满山炸药响，碎石四下崩”时，硝烟弥漫，流弹呼啸——沉雷滚滚，是山岩坠入深谷的回响；水柱腾空，是巨石跌进急流溅起的浪花；“铁山也要劈两半，不通也要通”的诗句，是勇士们迸发的呐喊！

他们的生活怎样呢？帐篷架在山坡上，树枝铺在雪地上，他们爬冰卧雪，早起晚下工，热血挡冷风，喝的是雪水，吃的是缺油少盐的糌粑；大便带血，有的拉不出屎来，有的食物带血吐出来……而接着向他们压来的是“六月雪，七月冰，八月封山九月冬”“雪花飞满天，冰雹砸破脸”的矮拉、加皮拉、达马拉、雪齐拉、色齐拉等等大山。尽管他们“红心映高原，热血化冰雪”，“举起铁锤山打战，敢把公路修上天！”唱着“千年冰雪脚下踩，开山自有壮志在，为了藏胞得幸福，通天大道今日开！”然而，随着体力的消耗，补给的困难，他们承受的牺牲，却是越来越难以想象了。

如果把十万筑路大军浓缩成一个人，那么，这英雄形象就是张福林了。张福林是中原地区一个贫农的儿子，1948年参军。机枪射击，五百米内，百发百中。作战时，身上七处负伤，仍顽强拼杀，不下火线。打通雀儿山，他是小炮班班长，他苦心钻研爆破技术，工效提高了二十八倍。他不幸被爆落的岩石击伤，殷红的鲜血把冰雪和青石染得莹莹照人。他感觉自己不行了，拒绝为他打针抢救，他要把针药省下来抢救其他同志。人们用担架抬他，他说：“我不行了，不要为我耽误施工。”他交完最后一次党费，跟指导员说：“我没有注意好安全，请代我向组织检讨。”他留下的遗物，除了几枚奖章，就是他自己从四川悄悄买来带给西藏的几包种子！

“邓政委说，”余部长的话语，打断了我的沉思，“‘接受与完成党给予的最艰苦的任务，是每个共产党员与每个革命军人的无上光荣’，筑路部队的同志们，都是党的好儿女，人民的好战士呵！”

夜宿朗那兵站，余部长不让麻烦别人，找个帐篷，拌碗糌粑糊糊喝了就入睡了。入睡前，天空还晴得不见云影，满天繁星眨着眼向月亮嬉笑，月亮高兴得脸盘又大又圆，以她临照高原特有的清幽，使整个山河静谧得像离开了地球似的。但入睡不久，酣梦却被狂风卷走——及至醒来，八根钉子拉紧的帐篷，已像风筝似的卷到了空中。急忙穿鞋子，鞋子被地面冻住拔不动了；急忙拿钢钎去撬，手又被钢钎“咬”住了……待把帐篷拉回，余部长已累得满头大汗。可是，当发现仓库由于保管不善，粮食霉变，他却怒不可遏，怒吼着训斥："点点滴滴的浪费和不尽责，都是不可容忍的犯罪！"从此，不管到哪个兵站，凡有粮食保管不妥的地方，他都蹲在那儿看着，教他们一包包摞高、盖好才离开。为了教育大家杜绝浪费，他把点点滴滴的浪费现象集中起来展览；为了节约，他亲自示范炸药引爆，甚至不顾只有一只胳膊也去攀登险山，几乎被悬在那儿！

路过怒江，战士李文炎凭一只橡皮船，几经沉浮，强渡怒江的情景还历历在目；排长崔锡明为探明公路的"悬线"，像壁虎似的，十指抠得血肉模糊，在临江绝壁上，抽完最后一支烟，把眼睛一闭滑下来——"闭目落千仞"的"征服山"，直矗眼前。余部长深情地看呀看呀，不停地问呀问呀，恨不能把它们都深深烙入心底。

余部长赶到李文炎、崔锡明所在的某团四连。他们刚下工，一个个破衣烂鞋，满身泥土，手脸被肆虐的山风吹出密密麻麻的血纹，正蹲在山坡上，狼吞虎咽地吃晚饭。有人呼喊一声："风沙抢饭来了！"白白的米饭，便忽然蒙上一层黄沙。他们有的偏过头去，有的用身子挡着碗，依然"狼吞虎咽"。

余部长和大家蹲在一起就餐，除了和大家一样饭碗里有些干黄花、干辣椒、干粉条，不知是照顾还是诉苦，炊事班长邓秃子还喊着给他加了两样："来了——手榴弹两颗（野蒜），铁包公——一点（灰灰菜）。"他们向余部长倾诉，大军云集，野菜全被"剿"光，吃不上青叶，人人嘴干唇裂，指甲干瘪……

饭后，余部长到各班用一米多见方的日式帐篷架起的人字形宿舍里，仔细地摸摸战士们穿的、戴的、铺的、盖的，详细询问了他们对衣帽鞋袜、伙食等方面的意见和要求。见到崔锡明、李文炎，余部长热情地伸出他的一只手，说："英雄们！……受苦了！"崔锡明说："先到拉萨的部队，一个团一年吃了一百五十万斤野菜，人人浮肿，面呈菜色，还要日夜开山修路，我们和他们比好多了。"李文炎说："打江山要艰苦奋斗，不怕流血牺牲；建设江山也要艰苦奋斗，不怕流血牺牲……"

汽车开到两个师接头的山顶上，就开不动了。

这里山高石厚，空气稀薄，天寒地冻。这里不下雨，不下雪，下的是颗颗冰粒。

这里已鏖战久矣。日夜奋战在这里的突击力量，由两个师的能工巧匠和各路英雄组成。师领导也披挂上阵，轮番跟班指挥、劳动。这里汗热血热，心大劲大。笑声、歌声、呼叫声和工具的撞击声、炸药的爆炸声、巨石沉谷的闷雷声，汇成沸腾的乐章。他们说，如果明天太阳露头时路不通，抬也要把汽车抬过去。激动的余部长，用一只胳膊，也架起小车推了起来。

爆破英雄秦景跃的棉袄空了，腮帮肿了；千锤英雄杨朝贵，震裂的虎口用密密麻麻的粗线缝着；坚强战士杨海银的一只脚肿得像两只脚，依然锤声震天，雄风不减。

余部长问秦景跃："袄怎么空了？腮怎么肿了？"小秦说："袄里的棉花掏出做炮引子了；掏瞎炮没水，靠一口口含雪化水，脸肿是化雪冻的。"

余部长抓住杨朝贵的手："不疼吗？"小杨憨厚地说："缝的是死皮——不疼，干起来更带劲！"余部长轻轻抚摩杨海银肿胀的脚面："很疼吧？"小杨说声"不疼"，却孩子似的哭了！

第二天太阳出山的时候，汽车果然开过去了！

磨秃的钢钎像锤子，磨损的铁锹像镰刀，返回途中，余部长捡了不少放在车上。他说："凭着这些简单的原始工具在'生命禁区'、在'人马股栗'的世界屋脊上修路，全靠拼体力，是突击性的，又是持久性的。这种持久的突击，需要多大的坚韧和牺牲啊！你们说'背着公路前进'，是呀，在这漫长的征途上，哪一把泥土，哪一颗石粒，没有经过战士们抚摩和敲打啊！如果说康藏、青藏公路是两条巨龙，雕出它的，是你们的青春和热血！……我要把这些磨损的工具带回去，带给邓政委，带给毛主席，带给历史博物馆……"

掌灯时分回到昌都，余部长没有休息就连夜走了。但从此之后，筑路部队吃上了脱水菜和新鲜猪肉，穿上了坚固、保暖的大头鞋，使毛主席"公路走南线，五四年到拉萨"的伟大决策，因得到有效的物资保证而如期实现。

浩气碧血化春龙！当彩虹当空，康藏、青藏两条巨龙摇头摆尾、翩然腾飞的时候，那些筑路的人们，那些随着公路的延伸而出现的一座座新坟，是它的鳞甲还是它的灵魂呢？让人们在深切的怀念和敬仰中回答吧。

# 雀儿山钩沉

目睹中华民族的崛起和兴旺，目睹十二亿人民乘着改革开放的航船向“小康”的港湾飞驰，“白发三千丈”的雀儿山老人喜不自胜。然而，市场经济卷起的某些酸腐质，使一些“新生代”淡化、遗忘了过去。月白风清，老人又有些怆然不已。真的忘记过去，怎能向更高的辉煌“继往开来”呢？呵，老人的心像坠落的陨石，带着熊熊燃烧的火焰，撞进抚今追昔的思索……

雀儿山上的道班，在“海拔五千三，头皮顶破天”的“生命禁区”，为什么会像开不败的雪莲，年年坚守岗位呢？是他们甘于荒寒的寂寞而不懂得“享受人生”吗？——不！是他们的血液中涌流着筑路部队为国为民、无私无畏、先人后己、舍己为人吃苦在前、享受在后的高风亮节的“基因”！

十八军后方部队司令员陈明义，带着五十三师师长邢天仁、五十四师师长甘炎霖，率先爬上雀儿山的顶峰“一览众山小”了。他们三个不但都是老红军，还都是四方面军的。在天全组建的刘伯承任队长的干部集训队里，甘炎霖是排长，陈明义还是他排里的兵呢。在张国焘另立中央，四方面军滞留甘孜时，他们就翘望过雀儿山！忆往昔，尽管充满着一波三折的艰辛，然而“青山遮不住，毕竟东流去”，总算把胜利夺取到了手上。他们没有“念天地之悠悠，独怆然而涕下”；他们迎风揽入怀抱的是时代奔突的岩浆，是伟大历史的重任！他们要把“世界屋脊”的脊梁抽出来，化为通天的金桥！然而，他们像在炮火硝烟中指挥作战一样部署完了之后，谈起了气壮山河的“趣事”：

——参加昌都战役，拉炮的骡子爬雀儿山累得掉出了肠子，王四号带头扛起了炮弹；

——周兴是四方面军的老红军战士，因伤留在雀儿山下。为了等红军，他蓄发明志，整整等了十五年！他不顾体弱多病，一定要为部队带路，打过金沙江，在追歼逃敌中活活累死了！

——一群女战士，青春似火的“佳丽”们，赶着牦牛向昌都运送物资，一个个“摸爬滚打”得变了样。翻越雀儿山，为驱赶散乱的牛群，一位“佳丽”闪身掉进了深谷——坠落不远，被一棵“咬定青山不放松”的小树挂住了……

“嚓……嚓……”沉重的脚步声，使雀儿山老人回思凝眸——只见战士们带着甘孜机场的风沙，带着大渡河涛声的余韵，带着二郎山的泥水、雨水、汗水，带着解放战争、抗日战争、万里长征的烟尘，艰难地向大山的脊梁和头颅攀登——他们扛着新武器（施工工具）、老武器（枪炮），背着吃的（干粮）、住的（帐篷）和生活用具，每人负重七八十斤，口中像塞着棉花，胸闷、气喘、头晕、脑胀、胃翻、走走停停，有的面呈紫色，有的脸色苍白，有的倒下了——在抬往山下的抢救途中牺牲了！政委翟寿亭虽然负重轻些，但那清瘦浮肿的面容，还是渗出了颗颗汗粒。劝他下山，他不干；要用担架抬他，他火了：“我是孬种？”一群驮着物资的牦牛，瞪着温驯的大眼睛，晃着“慢四步”，缓缓地赶上来了。翟政委灵机一动，拽住牦牛尾巴，爬上了山顶。

当五十三师、五十四师摆开战场，雀儿山老人那天长地久的冰冻的情怀，如诗如梦地波翻浪涌了——

从高原上隆起后就铸成的冰冻层，一镐下去一个白印。虎口震裂了，鲜血染红手柄，滴进冰雪胶着的冻土，化成温润的红玛瑙，也不能感动冻土冷酷的心。最后，只有山上山下，无数次往返，找来木柴，点燃堆堆篝火，才一层层揭开那片片“鳞甲”。

陡峭的石壁上，一群群战士，像一串串葡萄，遥挂中天，绳子拴在腰中间，悬空打炮眼。当“满山炸药响，碎石四下崩”时，硝烟弥漫，流弹呼啸——沉雷滚滚，是山岩跌进深谷的回响；水柱冲天，是巨石坠入激流溅起的浪花。“铁山也要劈两半，不通也要通”的诗句，是一代雄杰迸发的呐喊！

“山坡架帐篷，睡在云雾中。”他们爬冰卧雪，“早起晚下工，热血挡冷风，和雪吞糌粑，带血吐出来……”可是，他们干得还是那样忘情——

千锤英雄杨朝贵，虎口震裂了，用粗线缝起来，依然雄风不减；坚强战士杨海银，脚冻得肿胀爆裂了，用烂布裹着，也要踏破高原千里雪，把通天大道踩出来；爆破能手秦景跃，含雪化水，腮帮子冻肿了，掏空棉衣作捻子，依然用不断的炮声，把沉睡的群山唤醒。

苦吗？苦！然而，想到藏族同胞还在农奴制的枷锁下呻吟，这苦就会化为熊熊燃烧的烈焰！

痛吗？痛！然而，当受到师团首长疼爱的抚摩，这痛就会化为一汪春水，在眼窝里荡漾！

有的战士睡前还活蹦乱跳，早上一摸——身体已悄悄地凉了。

有的战士因心脏不好，要他们下山回内地去。可是当他们看到和自己大同小异的师团首长那副模样，就哭闹着死也不走，最后只有“哄”走。

不是山神暴怒，是地震摇动的山滚石飞！——一个班被滑下的巨石吞没了。那块巨石，成了他们的墓碑；在巨石上，政委蘸泪挥毫，飞逸出苍劲的大字：

“雪莲开红花，英雄鲜血染；青春化彩虹，金桥落人间！”

追悼会上一遍又一遍地唱《打通雀儿山》的歌。——唱得苍天落泪，雄风呼号！

像模范共产党员张福林那样伟大的战士，他的崇高的思想境界，他的英雄的品格，他的感天动地的业绩，感动得毛主席都为之动容落泪……川藏公路上三千烈士化作红叶，在雀儿山永驻了！

呵，亲爱的同志！——稍提这些，雀儿山老人，又会掬起金沙江的清泪，摘下春天的小花，鸣响夏日的晴雷，向冰清玉洁、秉天地之正气的英雄们长歌当哭了……

# 修路忙

工具响，响叮当，
同志们，修路忙。
你挖、我装，
你担、我扛，
你打、我夯……
战胜雨雪和冰雹，
为了那，
兄弟部队在前方！

工具响，响连天，
同志们，干得欢。
你打锤、我掌钎……
填冰河、劈铁山。
为了那，
巩固西南国防线！

太阳红，暖洋洋，
同志们，歌声响：
你打鼓，咚咚咚，
我打锣，锵锵锵；
跳的跳，唱的唱……
建设个，新西藏。
你看那，
藏族同胞乐无疆！

# 二郎山情思

她西牵大金（山）、东挽峨眉（山），娉娉婷婷，婀娜多姿。瞧，那不是飘逸的云雾，那是她蒙眬的眼神；那不是葱翠的郁绿，那是她清丽的裙裾；那不是咆哮奔腾的大渡河，那是她金色的腰带；那不是凌空飞架的泸定桥，那是她叮咚的环佩；那不是蜿蜒平展的路面，那是她绾着天府和高原两只花篮的金丝……啊，和四十年前相比，她出落得更俏、更美、更妖娆了！听！那不是山涧流水，那是她在汩汩倾诉：在黑暗的年代，赵尔丰的清兵曾踏过她的身躯去凌辱藏胞；国民党军阀统治，她百孔千疮，衣不蔽体，那又窄、又烂、又断的“公路”，更使她害了腐烂性的，不，死亡性的“肠梗阻”……

“一唱雄鸡天下白。”在中华民族抖落身上的泥土站起来了的时候，她敞开宽广深厚的情怀，迎来了中国人民解放军进藏部队。

可是，当先遣支队上下九十里，从“贯穿斗牛”的陡壁——她垂直的指缝上翻过去时，深涧急流，断桥残路，塌方淤泥，巨石荒坡，却把大量的物资和后继部队，阻断在数百里之外！抢修二郎山的激战打响了！

每人一块一米见方的日式帐篷，像灰色的野百合开在山坡上。八大桥不通，粮食要到百里之外去扛去背，接济不上，就只好勒紧裤带；蔬菜，全靠去寻找“野味”（野笋子、野丝菜、野蘑菇等）。高山缺氧，潮湿瘟疫，人亢奋、发烧、头晕、恶心、呕吐、拉肚、鼻孔出血……而最好的享受和治疗，就是喝点辣椒汤！没有扁担，自己砍；没有撮箕，自己编；没有铁锹，自己打；没有技术，从头学！唯一的一身军装，泥里水里都是它。人成了泥猴，军装成了“呢子”的。不论白天晚上，向塌方、向烂泥、向顽石猛攻不懈。工具不够，就手挖手捧，磨得十指出血……工效几倍、几十倍地提高。

感动得工程人员说："只有解放军才有这样的速度！"感动得深入部队生活的老红军作曲家时乐蒙等同志，不但跟着滚一身泥巴，而且就在工地上谱出了那样豪放优美的名曲《歌唱二郎山》，使二郎山名扬天下，家喻户晓。

"二呀么二郎山，满山的红旗飘！"伴着汽车的鸣唱，二郎山第一次高兴地笑了！

但当她回眸"金色的腰带"，另一种游戏，又在泸定桥头的大渡河畔展开了：满载物资翻越二郎山的汽车，在这里化整为零——被拆卸下来，放到新制的木船上一件件运过河去，然后再化零为整——重新组装起来，向西开去。

1950年八月底，她看到，十八军军长张国华、副政委王其梅，来到承担这一任务的一六二团六连和部分工程兵之中。

他们是去组织和指挥昌都战役的。

张军长戴着军帽，扎着皮带，打着绑腿，一副标准的军人姿态，使这个十五岁参加红军的放牛娃，圆圆的脸膛，大大的眼睛，显得更加庄重、温和。王副政委身着呢料军服，戴着墨镜，穿着长筒黑马靴，显得威严、执着。

张军长带有井冈山口音的普通话，亲切、好懂。他深情地说，为把西藏人民从帝国主义魔爪下和苦难中解救出来，今年（1950年）1月2日，毛主席乘火车去莫斯科途中，看到西伯利亚的冰天雪地，又勾起对西藏人民苦难的焦灼，不禁潸然落泪，在火车上发回电报："进军西藏宜早不宜迟"。

他说："为和平解放西藏，彭副总司令从西北派出了和平使团；刘司令员亲自派出佛教学者志清法师和贾题韬居士；西南军政委员会委员格达活佛，为了寻求和平把自己的生死置之度外……"

他说："西藏上层爱国人士也不少，不但上书毛主席、朱总司令，拥护共产党，而且要求早日解放西藏，并提出多路进军的建议；昌都总管阿沛·阿旺晋美，是贵族中知识比较丰富的，懂历史，爱祖国，对下层人民的疾苦有较深的同情心，对陈兵金沙江一线决战，也并不真心赞成。"

"因此，为了打开和平谈判的大门，为了让西藏爱国人士的能量能释放出来，我们必须打好昌都战役这一仗。这就要求你们，必须拿出最大的干劲，把作战必需的物资运过去！"

"你们说'玩泥巴没有意思'——就不对了！"针对部队的活思想，王副政委严肃地说："革命为改变生产关系，改变生产关系为发展生产力。要发展生产力为人民造福，就必须搞劳动建设。这是其一；其二，帝国主义和西藏的反动分子说，进军西藏解决不了交通运输问题，就是‘光打雷不下雨’，进去的部队，最后也会像赵尔丰的清兵一样——被饿跑的。可见，你们‘玩泥巴’开山修路，不仅是我们革命的根本目的之所在，也为解放西藏所必需！”他用硬侉的河南口音又赞许说：“你们能首战二郎山，成为开路先锋，是光荣的也是幸运的。咱们张军长、谭政委跟着毛主席、朱总司令和周副主席长征，就是在这儿攻下泸定桥，翻过二郎山的斗牛毗，在团牛坪吃点干粮，下到滥池子露宿过夜，然后到天全和四方面军汇合的。今天我们路过那儿，国华同志就在斗牛毗下的红军树旁，站了很久……你们把饿肚子、吃野菜和红军爬雪山、过草地，吃草根、皮带相比，就会感到由苦变甜，增添无穷的力量——这是很好的，也是完全应该的！”他晃着敦实的身躯上那颗偏大的脑袋，说着又激动起来：“什么是‘先天下之忧而忧，后天下之乐而乐’？不就是‘吃苦在前，享受在后’吗？”突然，一阵惊呼，打断了他充满哲理和激情的话语。接着，像龙卷风似的，所有座谈的人员的注意力也被呼啦一声卷了过去。

原来，渡船上的一桶汽油被恶浪掀进河中，六连战士牛武孝，跟着一猛子扎了下去。

“万里风雪盖高原，大渡河水浪滔天。”八月的大渡河，从雪山峡谷涌来的冰冷刺骨的滚滚波涛，像从空而降，吼声撼天动地。只见浑黄的河心像巨龙隆起的脊背，翻卷的巨浪像怒张的鳞甲，裂岸的狂涛像猛扑的利爪。那铁青色的汽油桶，像掉进狂暴的龙口的怪兽，一会被吞进去，一会又被吐出来，牛武孝像神通广大的孙猴子，跟着被吞进吐出，仍死死地捉住“怪兽”不放。窜到漩涡多的河段，一个个狂浪卷托起一个个漩涡，更像一头头张牙舞爪的怒狮，窜腾跳跃，拼命从龙口中争夺、撕剥……同志们在岸上奔跑狂呼：“牛武孝！放下汽油桶！”不知是风大浪高，还是奔跑的速度赶不上急流的狂窜，牛武孝一点也“听不进”，总是死死地抓住了汽油桶不放。那“人在阵地在”的壮烈恶斗，直到数里之外，才在一个大回旋的地方侥幸缓下来。

连长责备他：“不要命啦！”他若无其事地说：“没有汽油，运过河去的汽车还不是一堆死家伙！”连长给他介绍军首长：“这是我军的一号——

张军长！”他嘿嘿地重了复一句：“张军长。”给他介绍四号：“这是我军的王副政委！”他说：“他——我听说过，就是俺那个地方敌人害怕的‘王大头’”。张军长脱下衣服给他披上，他嘿嘿笑着说：“不用——上来就不冷了。”王副政委却拿下墨镜擦拭那被泪水模糊的地方：他被牛武孝——一个普普通通战士的纯朴、憨厚深深地感动了。一个普普通通的人，一到节骨眼上，就像原子弹爆炸一样，释放出巨大的能量！我们中华民族，有多少这样普普通通的人啊！

这惊人的一幕，同样感动着在场的兄弟国家的记者和战斗文工团的同志们。记者发出报道，战斗文工团的同志火速谱出了撼人心魄的《英雄战胜了大渡河》。

# 雪域情思

# 金质的哈达

## ——献给把幸福带给西藏人民的英雄们

西藏的“一江两河”开发了，大隧道要从二郎山的腹中穿过了，在急奔“小康”的明丽的乐章中，人们还会记起——

啊！

那不是佛光，是血虹——

是三千烈士血肉之躯化成的红叶；

是青春和热血撬开的三千三百万土石方辐射出的西藏的曙光！





### 火红岁月的旗帜

一柄长剑从战火中飞向二郎山——插进嶙峋巨石和厚积的泥土！

东挽峨眉（山），西牵大金（山），紧紧扼住通藏咽喉的二郎山，烙着赵尔丰的清兵踏过去凌辱藏胞的不幸，在黑暗的折磨中破败不堪地潦倒了。当太阳鲜红的血淌满黄河、淌满长江，轰响着从神州跃起；托起太阳的巨手蘸着叹息和眼泪，抚摩祖国因血流不畅而萎缩、并被毒蛇啃噬的伤口时，你的破烂污浊和你固有的雄奇多不协调呀！然而，在太阳刚刚升起的时候，你还是不顾羞涩地带着满身伤残和解放军热烈拥抱了——他们揣着“革命就是为了改变生产关系，改变生产关系就是为了发展生产力”的哲理，住进你落叶似的帐篷，用舞枪弄炮的手，抓起自制的简单的原始工具——扁担、撮箕、铁锹、钢钎……勒紧裤带，以战争的伟力向新的深度和广度掘进！

《歌唱二郎山》是他们在泥里、雨里、汗里滚出的心曲；

“万里风雪盖高原，大渡河水浪滔天”是他们搏浪千重的回音；

那“开路先锋”——历史的奖赐，

是火红岁月的旗帜！

## 掬起千沟万壑的幽香

祖国血的磁力，中世纪镣铐的声响，牵引你——

留下“康定溜溜的城”，

留下令人晕的折多山，

留下甘孜机场汗湿的风沙、血染的坟茔——

背起公路，向雀儿山爬去……

西藏——祖国隆起的胸部！

珠穆朗玛——祖国鼓胀的乳峰！

那不是湛蓝湛蓝的天空，那是抛上苍穹的大海；那不是缕缕飘散的白云，那是朵朵嬉笑的浪花；那不是座座高耸的雪山，那是点点远航的帆影……

“早起晚下工，热血挡冷风；和雪吞糌粑，带血吐出来！”

虎口震裂了，血染手柄，用粗线缝着，腕下仍是千锤雄风；含雪化水，脸肿口歪，棉絮掏空了，也要让山响谷应！

不管你来自南国、北国还是天府之国，不管你是老红军、老八路还是打天下的新手，也不管你身留有多少刀痕弹印的光荣，高原都以它郁积的雷霆风暴和胸中的块垒磨炼你——钢钎磨成锤子，铁锹磨成耳挖，心头磨出鲜红的老茧！

当“满山炸药响，碎石四下崩”时，你扯下雨雪黏稠的流云，掬起千沟万壑的幽香，留下张福林们的名字，把公路背过雀儿山，背过金沙江，背过矮拉、夹皮拉、达马拉——背到了昌都！

## “野人”的检讨和毛主席的批示

1953年春天。一个衣衫褴褛，头发胡子乱作一团的“野人”，被司令员陈明义抱住了。那“野人”越是嘿嘿傻笑，司令员的眼泪越是难收。

两百多人的测绘队，历时两年多，行程两万里，靠脚踏目测，为党中央和毛主席的决策提供了科学的依据。他们的队伍考察鸽村的冰川去了，他们的指导员——“杨大炮”——这个“野人”拄着根小棍“回娘家”检讨来了：

“在夏贡拉山，纵横几百里没有人家。同志们肚里没食——几顿了。躺在那儿看老鹰在天上飞、太阳在山边落的工程师，有气无力地哼着‘盘雕迥印天心没，远水斜牵日脚流。’听到溪水，我跑到小河沟一看，黑压压的无鳞鱼摆出‘水神’的架势，好像我这个‘大炮’不敢轰它似的。我抓住一条撕着吃了……大家虽被‘水神’救过来了，可这违犯了纪律……在雪雾拉，雪大得没地方上，是我做主钻的山洞——传说那也是‘神’！在雅鲁藏布江边，采野果充饥，给钱找不到人，我就做主没给……当然，在雪窟里救出几个逃跑的‘娃子’，那就不算了……”

“你这是‘检讨’呀？还是向我们‘开炮’呀？”

政委粮明德拦住“大炮”的“检讨”，问道：“你知道小炮班长张福林吗？”

“我太知道了！——河南扶沟县的老贫农，1948年参军，战斗中七次负伤，机枪射击五百米内百发百中……”

“他牺牲了！”“他……”两年多的“野人”生活，把“大炮”和连队拉远了。

模范共产党员张福林，为搞技术革新，被爆落的岩石击伤，鲜血洒在雀儿山的积雪和青石上，莹莹照人。同志们抬他，他不让抬，说：“我不行了，不要耽误施工！”给他打针，他不让打，说：“我不行了，把药省下来吧！”他要指导员代他交最后一次党费；还要指导员代他检讨：“是我注意不够……”他留下的遗物，除了几枚奖章，就是他悄悄从四川买给西藏的几包种子！

粮政委说：“听了张福林同志的事迹，毛主席都落泪了！说‘多好的同志呀！留下的是给西藏的几包种子！’”

春风吹醒了高原的嫩绿，吹皱了澜沧江清澈的涟漪，也吹开了昌都小土屋脑门上的眼睛——小天窗。太阳穿过小天窗洒下柔和的光亮，伴着澜沧江隐隐的歌声，粮政委讲述了毛主席给西藏公路建设批示的经过：

我带着昌都至拉萨南北两线的图纸，“十冬腊，学狗爬”，翻过雀儿山、二郎山赶到重庆，刘、贺首长又叫我“快马加鞭”赶赴北京。到北京得到邓政委和彭总的支持。彭总带我去找毛主席，毛主席从春节团拜会回来，正在看进藏部队的实况录像呢。毛主席为进藏部队吃大苦、耐大劳的英雄气概赞叹不已。是彭总的一声“主席！”才把毛主席从感叹中呼唤出来。

毛主席审阅了两线的图纸，询问了各方面的意见，归结为：北线比较平缓，但天寒地荒人稀（公路是要修的，不过那是下一步的事情）；南线有怒江天险等险情，但气候比较温和，“林茂田丰”，且有现实的国防意义。随即挥毫批下“公路走南线，五四年通拉萨”。毛主席放下笔，看我高兴得不亦乐乎的样子，说，“不畏浮云遮望眼，只缘身在最高层”——怕只有你们踏勘人员堪当此句了！

## 江山爱英雄

雪花飘，汗水淌。

我们把荒山变了样……

造山运动锻打出高原，而高原使宇宙博大、恢宏。

辽阔的邦达草原，荡漾着雄浑粗犷的壮美和伟岸的气度，载着浩浩荡荡的筑路大军跌进怒江峡谷——首含怒江水，尾摆草原风，直下一千九百米，蜿蜒盘旋于蓝天之下。

骄阳似火，峡谷如蒸。

置身江边，冷气袭人。

面对怒江每秒九米的流速，仅有的一只小橡皮舟几次试渡都失败了！工程师张天翔提出“放风筝”——给橡皮舟拴上铁丝，随波逐流，让对岸的漩涡“捉住”它。

一六二团二营营长张保德亲自指挥，宣传股长王川运笔展纸，要“速写”这惊人的一幕——

张天翔专注得发抖，像点燃炸药引线似的，缓缓放线；腿长、臂长、脸也长的李文炎，在舟前操桨；腰圆、膀圆、脸也圆的崔锡明，在舟后掌线……

“地与山根裂，江从月窟来。”黄河壶口的壮烈，长江夔门的雄威，这里都兼而有之。

只见“一片红叶”，忽而被万马狂奔的激浪抛起，忽而被群狮撕咬的怒涛砸下。李文炎没有“弄潮儿向潮头立，手执大旗旗不湿”的水性，他是“旱鸭子”，凭着“打江山要流血牺牲，建设江山也要流血牺牲”的情怀，勇立在时代的潮头上。不是鱼死，就是网破！他稳操桨板，顺水推舟，一个“就坡上驴”，顺势翻上江心。正在众人欲呼之际，一个恶浪袭来，把他们吞没了……

张保德傻愣愣地张着嘴；王川“哇”地哭了；观战的人群，也全都蒙了……

怒江是神奇的！当橡皮舟被“吐”出时，不但过了江心，而且真的被对岸的漩涡“捉住”了！

“可以请毛主席放心了！”

然而，这饱含热泪迸发的呼喊刚漫过江岸，就被“抹下脸”的高山拦住了——西岸直上两千米，一层高度一层色彩，恰似苍天的画图遥挂在白云之上。“养在深闺人未识”的处女山，怒江高歌猛进于前，冷曲河咆哮奔腾于侧。勘测人员无法接近，只好留下“悬线”以示其难。而不把这“悬线”摸清，大桥就无法定位，公路就不能开拓延伸。





探险者踏着晨露把一层高度一层色彩的“画图”留在脚后。当水和干粮告罄时，偏西的太阳才把他们带到大绝壁跟前。

李文炎的衣裤被磨刮得七零八落，手指抠得鲜血淋漓，面对大绝壁又要打头阵，逼得崔锡明说：

“瞧你那熊样！划船还可以，当‘壁虎’就不行了！……听我喊‘毛主席万岁！’你就往回走！”

崔锡明是排长，李文炎是班长。崔锡明下了“死命令”，李文炎双手握得筋鼓血胀，也只好紧闭着泪水，看排长作“壁虎”状。

陡峭的绝壁，上挂白云，下拄狂涛，威严挺拔，悲壮苍茫。静默中郁积着令人战栗的雷霆。

嗖！——踩飞的石块，像山神射出的冷箭，跌入江涛连个回声也听不见。点点血花，随着排长手的移动，无声无息地在绝壁上延伸……石壁“啃”着排长的身躯，蒸发出血腥的汗气，——啊，排长在一块突兀的石坨上停下了！……那儿能下去吗？他还能“抠”回来吗？……李文炎强忍的泪水滚落了！

崔锡明背贴绝壁立在石坨上，身子像散了架，血肉模糊的手指，木然不觉疼痛。只见前面绝壁更“绝”，来路血印明灭，上，高不见顶，下，深不可测……他摸摸索索地掏出纸烟，抽了起来……

太阳老人，扶着山影，向西疾走。

焦躁，灼烤着隔江观战的人群。

首长们胸前的望远镜不安地起落着。

派一个班长、排长探路，按说惊动不了他们，但探险的脚步，却偏偏重重地踩在他们的心上。是他们没有“大将风度”吗？不，毛主席的心不也被踩得咚咚直响吗！

不知是太阳晒的还是焦躁烤的，五十三师师长邢天仁、五十四师师长甘炎霖挥汗如雨。甘师长干脆露出秃顶和太阳“对抗”起来。

“撤回另想办法吧？”十八军参谋长、筑路大军的司令员陈明义说。

“你看他一根接一根地抽烟，或许会想出什么办法吧。”筑路大军的政治委员粮明德说。

首长们的议论和同志们的呼喊被滚雷般的涛声阻断了，他们的焦灼和不安崔锡明却尽收眼底。抽烟为解乏，却越抽越乏。给地主扛活——夏季抢收连干三天三夜，塞口馒头在嘴里就睡着了；炸碉堡——扛炸药包贴着地皮爬几里地，也没有这样累这样乏呀！……瞟一眼狰狞的峭壁，血肉模糊的手指“豁！豁！”地疼了起来——这使他火了：他责问自己，王四号在进军途中几次死去活来，乏不乏？十万筑路大军就被一条“悬线”堵死？我就“吊”在这里？……他念叨起董存瑞、黄继光的名字，热血上涌，心跳加快。他熄灭烟头，紧了紧裤带。两个圆眼一鼓，发出气壮山河的呼号：“毛主席万岁！”向深邃的目标——江边谷底坠去……

那下滑的身影，那碎石飞卷的流星，首先砸着的，不是谷底的锐岩利石，也不是怒江的狼牙巨口，而是像直落的炮弹，首先把首长们的望远镜砸落了！——这是何等的大英勇、大无畏呵！

听到山响谷应的“毛主席万岁”声，李文炎放声号啕了！跟着群山的激荡，他也一句接一句地喊起“毛主席万岁”来——毛主席的心，怎能不为之震颤呵！

江山爱英雄！在山体皱纹吻含江涛的部位，崔锡明被神奇地“衔”住了！……随后，在巍峨的巉岩上出现了“征服山”三个顶天立地的大字；接着是张天翔的杰作——在峭壁上一根接一根地打进钢钎，揽上钢丝——让部队攀援着粼光闪射的“巨蟒”，征服了这道难关！

## 浩荡军魂

“出师未捷身先死，长使英雄泪满襟。”

西藏江南——波斗藏布江和尼洋河流域遭遇了四十年未有的大暴雨洗劫后，满山满峪的桃花，依然楚楚动人。在筑路部队团以上干部会上，衔命赶来的西南军区副司令员李达，被英雄的风暴感染得声颤音抖，泪雨滂沱……

无畏的山鹰，

会凭借风力歇息自己的翅膀；

勇敢的狮子，

在暴风雪中也知道蜷起身子取暖。

可是，征服怒江后的筑路大军，迎着达瓦山的漫天飞雪，又热气腾腾地让永冻层融进自己高风亮节的追求；并点燃隆冬屡战的火把，让“铁石心肠”的然乌沟笑出1954年元旦的光辉。



全国人民“献给最可爱的人”的慰问，把祖国的温馨播进战士的心窝；藏胞支援运输的涓涓小溪汇成三万民工、十万头牦牛的滚滚巨流，加上1953年秋季西南军区后勤部长余秋里视察川藏线后各种供应的加强，施工进入西藏的“江南”——波密地区，公路驮着汗淬的欢声笑语，向拉萨迅跑。



然而，正当西藏“江南”，以然乌湖娇体如酥的醉态，以波斗藏布江轻歌曼舞的雅韵，以原始大森林百鸟迎春的鸣唱，以满山满峪桃花的秀色……对筑路大军“彩袖殷勤捧玉钟，当年拚却醉颜红”的时候，“千群铁马云屯野，百尺金蛇电掣空”，印度洋善弄风情的暖湿气流和高原彪悍寒云的一场恶战，搞出几十年未有、持续数周的大暴雨来。

西路民工在睡梦中被洪水包围，解放军冒雨把他们背出，及至天亮，水深势猛，未脱险的人群里一片哭声，战士殷相光急中生智，趁势伐倒一棵大树，让民工在树上走，他在水中扶。当最后一名儿童得救时，他却和大树一起被卷走了，又一片哭声扬起——这是为亲人解放军祷告了！

西线，是先到拉萨的部队，在反动分子“断粮”的困扰下，从拉萨向东修的一段工程。民工是用银元和实物招募的、协助部队施工的农奴。解放军吃野菜，喝盐水，面呈菜色，重活累活没日没夜地干在前头；下雨了，他们淋得瑟瑟发抖，自己喝凉水，用捡来的牛粪给民工烧出香喷喷的茶；天冷了，自己去“守夜”，让衣物暖住民工的梦……这些世世代代在鞭笞下挣扎的奴隶们，什么时候享受过这菩萨般的厚爱？他们怎能不由衷地高呼：“解放军最好！毛主席最亲！”

筑路大军的驻地泡汤了，储备的物资冲跑了，新修的路面遭淹了，大雨仍天河决堤般地直灌着。工兵团工地，突然一声闷响，像无数颗重磅炸弹在山洞中爆炸。一阵山滚石飞，天塌地陷——山体滑坡了！八连三排，整整一个排被卷入浊浪排空的江中，挣扎着冒出头来，还在呼喊“把公路修到拉萨去！”无力相救的同志们，只有用热泪把他们的雄心化为现实！

在一五七团六连四班的“老虎嘴”上，锤声、歌声、说笑声和雷声、雨声、江涛声响成一团。哪知，在他们忘情地劳动中，裂岸的江涛已把“老虎嘴”下掏空了……一声断裂，水柱冲天，连个愣神的工夫都没有，全班九人被没入大江急流！班长张耀德和战士梁兴邦系着一根绳子，在空中甩荡起来。眼看拴绳子的树根松动了，张耀德大叫一声：“你比我小，你留下！”撒手没入了急流！

“忽如一夜清香发，散作乾坤万里春。”长期建藏的思想，就是首先从张耀德之口提出的——瞧，他多么普通，又多么非凡！

男儿有泪不轻弹。眉粗脸黑的老红军战士邢天仁却蹲在那儿抱头痛哭：“胜利了，又整班整排地牺牲了！……”当他悲伤不已的时候，“泪飞顿作倾盆雨”的天神，又挥动雷电的巨掌，把沉睡千年的冰川激怒了——崩天裂地，挥去半壁青山，是它久蓄的锋芒，夺崖掠谷；巨石飞流横驰，是它喷出的星沫。那磅礴的山移谷走之势，那肆虐的翻江倒海之威，霎时，使数里之外隔江相望的巍峨的寺庙和生机盎然的村庄不见了。为抢救部队的物资，一位藏胞陷入困境；为援救藏胞，一位女战士忘却了自己——他们双双被泥石流吞没了……

铁山似的李达怆然发问：“什么是‘杀身成仁，舍生取义’？什么是‘亦余心之所善兮，虽九死其犹未悔’？什么是‘先天下之忧而忧，后天下之乐而乐’？你们是中华民族的正义之师、文明之师、胜利之师啊！”他也不管与会者是否完全听得懂，只顾仰天长啸，抒发浩荡军魂！

当与会者嘤嘤一片时，他展开毛主席和贺龙元帅的亲笔题词：

——为了帮助各兄弟民族，不怕困难，努力筑路！

——让高山低头河水让路！

啊！那满山满峪的桃花，那丰盈了的江河，那原始森林的擎天大树……从暴饮的大醉中苏醒了。

政委粮明德扛起标杆，登上新的险途。司令员陈明义不断把指挥部移到“最前沿”。哪里有“钉子”，哪里的领导就“钉”在哪儿，用铮铮的风骨化险为夷。粮食接济不上，战士们就赤膊上阵去背……沼泽填平了，流沙堵住了，原始森林穿过了，被泥石流吞没的通麦大桥提前修好了，从二郎山“启动”的十四座大山的最后一座——雪雾拉被“开路先锋”一六二团拿下了。当崔锡明、李文炎、张天翔和青藏线的英雄们把喜泪洒进布达拉宫前的积雪时，浸透着无穷心力和神韵的金质的哈达，在雪域之国的肩头飘动了……

# 雪莲盛开时节

## ——回眸昌都战役

天造地设，孕育百年的新世纪，就要“临盆”了。

朝阳，沐浴过大海的波涛，飘起万道霞光的发丝，轻荡着北京高楼大厦的晨韵；晴柔的脸儿，映照着明净的窗扉，泛溢出娇羞的潮红……“雪域明珠”，熠熠生辉了——

民主改革四十个春秋，旧社会长期滞减的西藏人口数量开始成倍增长，翻上二百四十万人的台阶，人均寿命由三十五岁增至六十五岁；现代化教育，从荒芜的程度起步，有了包括高等学府在内的四千三百多所学校；在佛韵的暮鼓声中，叩响了科学的晨钟……

红太阳照在雪山上的画面，辉映着历史的宝卷——

元、明、清中央政府颁发给西藏地方政府的种种文书和金质的钤印，映衬出西藏和平解放办法《十七条协议》的光芒。1792年乾隆皇帝为革除西藏活佛转世制度中的弊端而特赐的一对供转世灵童掣签之用的金奔巴，一个深居北京雍和宫，寂寞度日；一个雄踞世界屋脊的宝顶——大昭寺，昭示着至高无上的神威。分别两百年来，这对宝瓶头一次偎依在一起，怎能不浅吟低唱花好月圆的赞歌?

饱享这盛世的当儿，一阵清风，伴着雪莲的幽香和澜沧江远去的涛声，吹进“白发绾住西藏情”的心头……

帝国主义嗜腥的牙齿，把茫茫神州——我们伟大祖国的母体——啃噬得血污斑斑。毛茸茸的血爪，从中世纪伸出的干瘪的手，要把高耸的乳峰——西藏，从祖国隆起的胸部割下来——“独立”出去。趁蒋家王朝倾覆之际，美英印特务纷纷爬上高原，与西藏一小撮当权派，妄图掐断历史的血脉，导演出“驱汉事件”和派遣“亲善访问团”的丑剧；并调兵遣将，把藏军的三分之二摆在金沙江一线，拉出大打的架势。而百万农奴却在残酷、野蛮、黑暗的农奴制度的地狱中，正苦苦地挣扎，求救……

“东方红，太阳升。”

我们苦难深重的祖国，

在血与火中站起来了！

祖国是根深叶茂的大树，华夏儿女，各兄弟民族，是她挂满枝头的繁花密果。是伟大祖国的殷殷母爱，使党中央和毛主席决策：“进军西藏，宜早不宜迟！”

鉴于只有解放和发展生产力，才能把西藏从滞留中世纪的状态中拉出来，在进军西藏、保卫国防的前提下，党中央对西藏上层人士采取了基本上不予触动的方略。一路路和平使者，风驰电掣地向拉萨奔去……

然而，不论带着亲情还是带着佛心的使者，有的被滞留，有的被囚，有的被杀害了！



为撬开紧闭的西藏和平解放的大门，毛主席亲自过问、刘邓首长直接挂帅、浇灌着革命战士热血的昌都战役，这才在解放军的战史上彪炳千秋了。



“进军西藏，不吃地方”；

“收集藏民，训练干部”；

“准备一批金银和藏民需要的货物如绸茶等带去”；

“购买三十架高空运输机，支援西藏进军”（斯时，美国侵略的战火已烧到鸭绿江边！）；

“集中绝对优势兵力……”

二十三天发来三封电报！——百万农奴的血泪，在毛主席的心上，有多深多重啊！

而以“靠政策走路，靠政策吃饭”的《十七条协议》为基础的《十大政策》和《五路向心进兵》的战役计划，则全出自我们敬爱的邓政委——邓小平和我们敬爱的刘帅——刘伯承之手！

雪山乳汁，沾着荒漫的草香，从通天河款款流来。那秀美清澈的涟漪，倒映着敌军千里防线六七千世袭的“胡子兵”，他们拿着英国的老式家伙，是多么不堪一击！而对岸，解放军两万多参战人员，那凝重欲滴的神态又蕴涵着多少殷殷的深情！

呵，十月，是雪莲花盛开时节。

一株株雪莲，以“梅花未动意先香”的神韵，收高天之壮美，萃大地之英华，“不羡夭桃红胜锦，最嫌飞絮轻于棉”，在冰雪凛峻的礼赞中，傲视着“生命禁区”的荒寒，挺然怒放，流光溢彩了……

在划破黎明的枪炮声中，
一只圆圆的牛皮船，中弹下沉了……
四位背负着祖国殷爱的勇士的热血，
化作一朵朵嫣红的雪莲花，
在清悠悠的江面上，
绵绵颤颤地开着，开着……

从邓柯过江的一五四团和从青海玉树开过来的骑兵支队，成斜梯形向昌都西南唯一的通道——恩达——包抄，一天一夜，一百七十华里！队伍相对的力度被绝对的速度拉成数百里长的擦地的云。呵，那不是擦地的云，那是雪莲花飘浮的激流！在激流中冲刺的前端，向导周大兴——滞留藏区的红军老战士——生命燃烧的烈焰，被热血掀起的巨浪扑灭了——化成了山脉永恒的雪冠……

正宽面推进的主力，在敌军溃逃蹄印的牵引下，武器、干粮、背包、鞋袜、衣帽，被血、汗、冰、雪……“捆绑”在一起，踏矮了山，踏瘦了河，踏累了惨白的太阳，踏疲了清幽的月亮，把脚踏成了“发面包子”——滚过鸣枪的悬崖，滚过披雪的森林……滚出了黑色的龙卷风——断粮了！……

政治重于军事，补给重于战斗，是进军西藏的一大特点。当年赵尔丰的清兵就曾被饿垮过。后来，西藏的反动分子也曾得意地向解放军叫嚣过：“挨饿——比打败仗更难受！”……昌都战役如果说是绽放在西藏和平解放史册上的“一枝独秀”的雪莲，那么，几万头牦牛和驱赶牦牛运粮的女兵们，也是它扎根的一方土壤吧？

这些被火红的时代激情托起，怀着美丽的遐想，投入革命大潮的豆蔻年华的女兵们，虽听说过“革命不是请客吃饭”，但怎么也没有想到，要和毛发披挂冰雪、双角挑飞流云的“黑色雄狮”打交道；而且还要呵护着它们，踏破高原千里雪，把急如星火的军粮送到前线去！对抗着自身天然的柔弱和不便。

然而，她们没有辜负祖国和人民的重托，没有失落“红色娘子军”的英雄本色！尽管笑声被哭声淹没过，短梦被胆怯吓醒过，俏丽的容颜被风雪烈日“袭击”过……她们驾驭着浩浩荡荡的“雪山之舟”还是赶上来了！

然而，不过几天的“时间差”，饥饿的黑色风暴却让勇士们“梨花一枝春带雨”了——侦察营一连指导员“大炮”杨世举，身体棒得“吞石头能化出铁来”。但此时此刻，那被掏空的躯体，竟连一个饿得倒下的小战士也背不起来了……若不是得令宰杀驮畜和战马充饥，“靠政策走路，靠政策吃饭”的他们，说什么也不能在从云南开进的一二六团进占盐井、宁静，第九代本通电起义，南线大军进抵邦达草原的“火候”上，在昌都北面的达拉马山上出现了。

呵，那不是美丽的彩虹，那是洁白的哈达架起的金桥……

当包抄的先头部队，战胜人员伤亡、马匹倒毙和饥饿的折磨，端掉类乌齐，比西走的昌都大本营提前四小时赶到恩达时，点点雪峰擎起的湛蓝的天幕上，有一抹姹紫嫣红的祥云，仿佛争奇斗艳的雪莲花，在天上开成了美丽的彩虹。呵，就是这美丽的彩虹，捧起海一样渊博的知识、山一样坚实的脊梁、火一样爱国的心肠——像古老的扎曲河、昂曲河，隔着遥远的重峦叠嶂，千里万里，背负着太阳和月亮，遵照大地母亲的教诲，用太阳的金子、月亮的银子，在昌都合成奔腾到海的澜沧江一样——让昌都总管阿沛·阿旺晋美的手，和进藏部队先遣支队司令员王其梅的手握在一起——握出了天长地久的情谊，握出了滴血和泪的咏唱：

扶衰忍冷君莫笑，报国寸心坚似铁！

# 路遥见英雄

## ——西北进藏部队后勤工作散记

“兵马未动，粮草先行。”西北进藏部队（行途中改为十八军独立支队）组建之初，即令王直和范子英筹备进藏物资。我们采购了帐篷、雨衣、被服、灶具、医药等物资。由黎之淦同志负责买了一千一百三十匹马、一千七百匹驮骡、一千三百峰骆驼、七千头牦牛，成立了驮骡大队、牦牛大队、骆驼大队等。有干部战士五百六十五人，民夫五百七十七人。西北进藏部队出发时分前后两个梯队，我们属后梯队，于1951年8月1日，驮着大量的粮、料等物资，浩浩荡荡，随司令部从兰州出发。翻日月山，过青海湖，于8月20日赶到香日德，又四天，到诺木洪，过格尔木河，于九月份到昆仑山口，过黄河源、通天河，穿越青海省境，于十月到唐古拉山口，十一月到黑河，12月1日抵拉萨，全程五千华里，历时四个多月。西北进藏部队前后两个梯队，加上民夫两千人。因沿途有流窜的乌斯满残匪，西北军区派一个警卫营护送我们至通天河。过通天河，后梯队变为前梯队。到黑河，两个梯队合并。之所以如此，是与后勤工作的特点分不开的。在山高路远，地广人稀，高寒缺氧，语言不通的条件下，为保证沿途以至到拉萨后都可能要保持给养的需要，我们后勤战线，主要任务就是战胜种种困难，看好、管好、赶好、爱护好这一万多头牲口及其驮运的大量的物资。

### 八月秋草肥

谚云：“正二三，雪封山；四五六，雨淋头；七八九，正好走；十冬腊，学狗爬。”这么多牲口，进军首先要选择有水、有草的季节。从谚语来看，春、夏、冬三季均不行，只有七、八、九月才是好时候，风和日丽，正是高原的生长季节，水草充足。所以我们才选在八月进军。

## 夜牧风霜寒

我们从兰州出发，当晚就住进了帐篷。说起帐篷，当时只考虑防寒保暖，用的是双层粘胶布，又笨又重，难拆难驮，架起后的面积却不大。干部战士编在一起，一个帐篷要住十个人。这十个人又两个一组分为五个组：一个组架帐篷，并把大家的铺盖卷摊好，不然就挤不进去，睡下也翻不过身来。一个组挖灶、生火、打水、做饭。煽火用的皮制手风箱，当时叫“火皮船”，体积小，重量轻，用起来十分方便。一个组专门捡牛粪。本来每个人都备有一个牛粪袋，行军中见到牛粪就捡起带着，这是唯一的也是最好的燃料。有时捡到湿的点不燃，就放在胳肢窝里烘干，现在说来不可思议，但在当时，却是一个“高招”。一个组在帐篷后面挖单人掩体，沿途有敌情，这是不干不行的，但干起来又十分费劲。试想：高寒缺氧，行一天的军（平均每天约七十华里），人像得了软骨病似的，有时又要在摄氏零下三十多度的冻土上去挖，能不费劲吗？一个组放哨、放牧，一轮就是一个通宵。牲口白天行军，全靠在晚上放牧。“马不吃夜草不肥。”牲口保住了，同志们却尝尽了高原寒风刺骨、呵气成霜的滋味。

## 香烟醒醉马

“日月山，日月山，云中伸手抓住天。”我们在凛冽寒风中翻过了长年流水的倒淌河，波涛滚滚的青海湖，弹簧地似的橡皮山，白茫茫的大盐湖，我们都过来了。到诺木洪后马倒了，骆驼倒得更凶。开始不晓得原因，后来弄清原来有一种毒草和好草杂生在一起，牲口吃了便醉倒了。牲口病倒起不来，怎么走呢？因为缺氧，人弯腰捡牛粪也直不起腰来，头昏脑涨，胸口发闷。有人偶然抽口烟，松活许多。有的同志就想，能不能用这个办法也救救牲口呢？于是，点根香烟插进骆驼的一个鼻孔，用手压住另一个鼻孔，不多一会，骆驼果然慢慢地站起来了！于是，用这个办法把所有醉倒的牲口都救起来了。从此，行军中男女同志都配发了香烟。

## 大蒜征昆仑

昆仑山口经常有八九级大风。遇到风停气朗，太阳照射又特别强，大家感到头晕胸闷，想呕吐。有心脏病的更恼火。当然，这是高山反应，但当时并不完全明白，反而认为可能是遇到什么毒物。“大蒜可以解毒！”放个蒜瓣在嘴里嚼嚼，果然精神为之一振，清爽多了。在这缺氧无药的情况下，我们就用大蒜，把横空出世的“莽昆仑”留在了我们的身后。

## 黄泥裹军衣

翻过昆仑山口，来到黄河源——一段泥潭水盆地。潭面微黄，水似有似无。人下去，一会就只能露出两手，再过一会，手也不见了；牲口陷下去，四腿下沉，只剩个鼻子在潭面，进退不得。怎么办呢？有人滚了过去。大家一看这个办法好，便都一个接一个从潭面上滚过去，这么一来可都变成了穿“黄呢”的将军了，互相看着忽闪着的眼睛，都不禁哈哈地笑了。但我们的骡马在这里损失最多。不少同志叫着自己牲口的名字“铁青呀！”“老虎呀！”人畜相视泪下，只能看着它们在泥潭中沉没……

## 皮舟渡通天

赶到通天河时正值雨季，河面宽阔，水大浪急，传说中孙悟空大闹通天河的故事，来这儿才感到名不虚传。前后梯队在这里会合了。为试探水情，有两个同志英勇牺牲了。还传说这里有一股匪徒，吃生肉，喝生血，水性好，神出鬼没。为占领对岸的制高点，部队打算架桥，先渡过一个排去。但是，找来的东西完全无济于事。最后，只有靠找到的十多只牛皮船摆渡。一万多头牲口集中在这狭小的地带（因有敌情，不好分散去放牧），已开始大批死亡。为抢救牲口和物资，决定前梯队变为后梯队，由我们先渡。抢渡十昼夜，才把牲口和物资基本渡完。这是我们进军以来，损失最大的一次。有人说：“死畜摆两岸，人头马打寒战，公物到处散。”这确是实情。

## 雪山埋英骨

过了通天河，不久，就看见了白茫茫的雪山，银光灿灿，如冰似玉，蜿蜒在蓝天下。这就是我们要翻越的最后一座大山唐古拉了！我们翻的那个山口，是牦牛走出的崎岖小路，海拔五千五百米以上。温度已降到摄氏零下四十度。原计划六十多天到拉萨，现已近九十天了，为节约军粮，我们以肉食为主并吃了七天的黑豆（饲料）。为赶在大雪封山之前翻雪山，过通天河，我们一直都在急行军。明知攀登难，偏要去登攀。当旭日临空，我们人畜踏着冰霜，哈着热气，向四十华里以外的山顶进发了。快接近山顶时，一位同志因负担太重，劳累过度，心力衰竭，倒下了！同志们挥泪把他埋在这永不消融的雪坡上，让他面向北京，英灵长在。悲痛和困难使我们攀登得更加奋力了。忽然歌声四起，人欢马叫——五千五百米的高度，踩在我们脚下了！下山时因为向阳和南面的海拔较高，不仅风景清雅，而且老远就看见了金黄金黄的大草原。

## 黑河降“天神”

翻过唐古拉，向黑河前进。帐篷跟不上，同志们就裹着雨衣在雪地上睡，一觉醒来又常被大雪埋住了。掉队的找不到路，就以死亡的牲口为路标。

夜晚迷失方向，就点起火把互相联系。找不到牧草，宁让牲口挨饿，也不动藏胞一把干草。找不到牛粪，饭做不熟，就吃带血的牛羊肉，也不拿藏胞一块干牛粪。就这样黑河到了。黑河水呈绿黑色，水流中还夹着冰块。我们是互相搂在一起渡过的。有四个同志被冰流卷走，又救上来了。“雪山点头笑喽，彩云把路开！”藏胞笑着向我们伸出大拇指头。头人向我们的首长献了哈达，说我们是唐古拉山挡不住的“天神”。

## 桑雄逢夜震

在黑河稍加休整，把前后梯队合并起来，于11月中旬赶到桑雄。帐篷架成四合院的形式（沿途都是这样），后有掩体，前有炉灶，夜幕降临了，但见红旗飘飘，灶火点点。锅里煮的是撕面块。揭开锅，一阵风不知吹落多少风沙和牛粪末子。同志们说：“这是撒了胡椒面的胡辣汤。”吃得更香了。当吃饱“胡辣汤”唱着“铁蹄踏破雪山峰，野营灶火通天明……”香甜地梦见周公时，忽然大风吹帐篷，人像飘在空中，在帐篷里乱滚起来，牲口也在乱跑乱叫。对面山上像有烟火冒出，发出怪声。原来是大地震来了！为了脱离震区，免得被包了饺子，成为未来的石油材料，军号响了，马上急行军。因大地在不断地震动，牲口簌簌地发抖，并不能好好地行走，结果，未吃未喝走了一天，肚子饿得咕咕叫，也未能走出震区。有两个喇嘛庙和八座佛塔震塌了，有些喇嘛被砸死了，而我们人畜都没有伤亡。藏胞又说起我们是“神兵”。

## 整装进古城

地震之后狂风大作，天昏地暗。因阳光减弱，在白天看见了日、月、星。藏胞把这看成是吉祥的象征。“神兵下凡界，风扫乌云开。”他们说是金珠玛米给他们带来了吉祥如意。当然，藏胞对我们的称赞，使我们更加牢记《三大纪律八项注意》和严格遵守藏族人民的风俗习惯。过了当雄又走了几天，布达拉宫的金顶终于在我们眼前出现了。这时，大家才快活地喊起来。该彻底地洗洗脸了。为了防寒和保护皮肤，一路之上，特别是过了昆仑山之后，我们几乎都没有洗过脸。就是女同志，也成了大花脸、二花脸。同志们洗了脸，整好军容，把路上压死好几头牲口驮来的小吉普车也拼装好了。

1951年12月1号那天，太阳城阳光明丽，藏族同胞穿着鲜艳的节日盛装，载歌载舞。我们小汽车在前头开路，有马的骑马，有骆驼的骑骆驼，浩浩荡荡，在拉萨古城和东路进藏的兄弟部队胜利会师了。

（为范子英同志代写）

# 一件褪色的军衣

“远烟含树色，细雨起尘香。”

隽永的诗句，飘逸着古雅淡远的幽香。一双会说话的美丽的大眼睛，眨着甜甜的不尽的笑意，惊起了我殷红的记忆……

那是1953年的“八一”建军节，我奉命去慰问牦牛运输队的藏胞。一阵大雷雨，我从山腰摔向如狂狮奔涌的怒江，就什么也不知道了。是一位背水姑娘救活了我，为感戴救命之恩，我把一件写着名字的褪色的军衣留下了。告别时，姑娘戴着铲形的遮阳帽，穿着淡雅的藏衣裙，一双会说话的美丽的大眼睛眨着甜甜的不尽的笑意，伴着白云蓝天和悠悠远去的江声，唱起了撼人心魄的新歌：

从前有一个好地方
两岸牡丹排成行
河底宝石闪金光
只因过去世道坏
宝石无光花不开
如今世道改变了
毛主席领我们从花中走出来……

此后，我们无缘再相见！

我请人画过《背水姑娘》，请人写过《怒江姑娘》，可是，那美丽的大眼睛，总不能从梦中拂去……

几十年过去了。天哪，我又看见了那双会说话的美丽大眼睛，眨着甜甜的不尽的笑意；戴的是铲形遮阳帽，穿的是淡雅的藏衣裙。虽然“姑娘”已接近中年，但那绰约的风姿，仍酷似当年！

在神奇的相望中，我大胆哼出那撼人心魄的新歌，“姑娘”美丽的眼睛润湿了；当“姑娘”说出那褪色军衣上的名字，我止不住地老泪纵横了！……原来，她是“姑娘”的女儿！女儿娓娓地述说，每逢“八一”节，或听到《洗衣歌》，她高尚的妈妈，都要把那件褪色的军衣拿出来，爱抚不止……

——这是在一家大医院的回廊上。

我急切地询问：“你妈呢？”

女儿说：“妈妈也在这家医院……”

# 西藏风情掠影

这点滴“掠影”是20世纪50年代初摄入眼底的，与今天已完全不可相比了。但这难忘的留恋，依然珍藏在我心底。

## 碗——怀中的情人

喜马拉雅山再高
雅鲁藏布江再长
落雪的日子再多
有你在我的怀里
我就能向遥远的地方走去……

把碗比作贴心的情人，是爱情的赞歌，也是高原生活的写照。在古老的荒原上，地广人稀，风吼雪冷，碗是不可或缺的“情侣”——抓糌粑靠它，喝酥油茶靠它，喝青稞酒靠它，吃肉蘸盐巴或辣椒也靠它。用完，不是用水去洗，而是用舌去舔——舔得那样娴熟，那样香甜，又那样优雅。舔得心满意足了，伴着高兴的舌响或指响，再温存地放入怀中。

西藏的碗，有金、骨、银、铜、瓷、木等质地。木碗多为贫苦人家使用。我到一位藏胞老阿妈家做客，温厚善良的老阿妈，拿出她珍贵的新木碗，给我斟上香甜的酥油茶，我抖起精神，笑呵呵地喝了。老阿妈亲昵的眼神，使人享受到母亲的温暖……敬爱的老阿妈，那只珍贵的木碗还在吗？

## 鸟——不怕人的“天神”

辽阔的蓝天
雄鹰在飞翔
雪山下面有着无尽的宝藏……

鹰——当它展开青春的羽翼，背负蓝天红日，打着清亮的呼哨，把矫健的身影缓缓地刻入神奇的大地，是何其潇洒又何其英俊。然而，它们也有“垂垂老矣”的时候。

1951年路过某地，街街巷巷，到处都是懒散地脱去羽毛的苍鹰，苍凉蹒跚的步态，依然保留着肃穆的神威——谁也不敢惊扰它们。藏胞宁肯挨饿也要把抓好的酥油糌粑先敬奉它们。

原来，西藏把鸟——天上飞的——当成“天神”，而鹰是鸟中之王，所以格外地受宠。

那么，其他的鸟类呢？

我在一个寺庙见过这样的情景：老少几代喇嘛，每人手上站着一只鸟，有云雀、喜鹊、麻雀……先以为是假的，继而以为是他们喂的，待鸟儿们随意飞去，又见他们跟前像喂鸡似的，还有很多鸟儿在啄食。这才恍然大悟：鸟在这儿是“神”，所以不怕人！

但不知，随着汽车的吼叫、飞机的轰鸣和人们观念的变动，西藏的鸟类还安然于“神位”否？

# 笔战更酣

一元伊始，百岁交替，千年更迭！

在这百年一遇、千载难逢的“三岁”之首——2000年“三阳开泰”的时刻，“锦官城”也喜庆地推开厚重的云层，亮出了晴柔的笑靥。

一位拄杖踽踽而行的老者，温文尔雅。沐浴着泼金的光华，品享着微温的抚爱，菩萨似的面容，隐显着“活佛”般的韵致。

> 钱不多，计划着花。
> 而精神财富则应像西藏的积雪，又多，又厚，又干净！





提炼着高洁的人生哲理，在叩击地面的回响中，漾上被沟沟坎坎磨出老茧的心头。

他，1950年进藏，是原十八军五十二师一五五团的战地记者，参加昌都战役，艰苦卓绝的亲身感受发表在《黄河报》上，曾对父老乡亲做过关于峥嵘岁月的滔滔诉说；参与筑路、平叛和中印边界自卫反击战中的惊心动魄的传奇故事，也别具魅力地写进了新近面世的《雪山号角》一书。

不要看他那和尚头顶上的白发宛若即将散去的残云，就以为他“老而无力”，也不要以为他已调离西藏二十余年，纷繁的岁月就淘空了满腹的西藏情怀。其实，经过威猛、剽悍的风的夯实和粗犷、雄浑的山的磨砺，西藏情陶冶的心的内质，早已“顽固不化”了。《张国华传》从他的笔底走出；两百多万字的西藏党史刊物，浸透着他任主编的辛劳；而为西藏鸣锣开道、擂鼓助威或摇旗呐喊的短文，在力所能及的范围内，也屡屡不绝。

有一张照片，是他采访西藏军区政治委员谭冠三时的合影（见158页图），不但留下了当年谭冠三将军朴实、大度、娴熟地驾驭历史风云的风采，也留下了合影者火热年华时的单纯和追求，而且，更记下了他们心心相印的情谊。谭冠三在弥留之际，有时已认不出自己的子女，而看到这位合影者，却能直呼其名并道谢，这怎能不令人感动？合影者紧紧握住政委的手失声痛哭！

偶然闯进他的家，扑面而来的是力透纸背的墨宝：

> 爬冰卧雪攀高原，雄烈壮山川；
> 解放百万农奴，热血开新天！
> 志未尽，鬓已斑。怎么办？
> 人来天府，心留西藏，笔战更酣！

这就是我们的“老西藏”——著名军旅记者焦东海！

# 冀文正的故事

淡淡的红润，恰似浅浅的桃花；微微上翘的鼻孔，显得稍稍凹进的双目炯炯有神；走起路来，轻轻飘摆的神韵，闪现着二十六次翻越喜马拉雅山的丰富历练。

此人1948年参军，1950年进藏，1954年进入“孤岛”——世界奇观，雅鲁藏布江大拐弯地区——墨脱，一蹲十六年，和门巴、珞巴族同胞结下不解的情缘，挖掘、整理门巴、珞巴族民俗资料三百多万字，见报者五百多篇。

他，就是我们的民俗学者冀文正（见157页图）。



且看“孤岛”——

地球的造山运动，使南迦巴瓦峰和南迦帕尔巴特峰像两颗巨大的螺钉，从东西两端将喜马拉雅山提起，把欧亚板块拧在印度板块上。“极地天河”——全长两千零五十七公里的雅鲁藏布江，从喜马拉雅山北麓海拔五千五百九十米的杰马央宗冰川起步，款款东流，行至藏东南米林县的派区，因无路可走，一怒将喜马拉雅山撕出全长四百九十六公里、平均深度达到五千米的裂口，中遇南迦巴瓦峰，呼啸着一个大拐弯，暴怒地向印度洋扑去。南迦巴瓦峰高七千七百八十二米，江面海拔二千八百米，形成落差五千米的巨岩峭壁，在那儿上击苍天，下搏激流，搅得印度洋的暖湿气流，几乎等于夏季长江流域以南向北输送的水汽之和。所以，这里不仅是一座生物宝库——在垂直不足五千米的范围内，几乎包容了类似于我国海南岛到北极的全部自然景观，而且蕴藏着整个地球发生繁衍的奥秘。它的奇特，强烈地撩拨着征服者的雄心壮志，但处处潜伏着的毒蛇猛兽、蚂蟥狂蜂和铺天盖地的泥石流、飞石、大小雪崩，又使无数血性男儿望而却步。然而，我们伟大祖国五十六个民族就有两个民族——门巴族和珞巴族，在这儿繁衍生息，过着与外界隔绝的生活，至20世纪50年代初期，他们还处在母系社会后期的刀耕火种的原始状态，保留着人类童年的缩影。

再说冀文正——

1954年，二十一岁的冀文正作为党和军队的使者——工作组成员，缠上绑腿，系上绳索，带上五天的手纸和干粮，手执拐棍，肩背藤篓，向积雪五尺深的喜马拉雅山金风口爬去。

"上山容易下山难。"这里"上"也不易。走——一身汗；停——一身冰。接近风口时，更是胸闷、头晕、腿软、呕吐、鼻孔出血……翻上风口，凶猛刺骨的冷风，又能把人推下去。

"下山难"确是实话！山路太陡，冰雪太滑。这不，一次冀文正也像飞石似的被冰雪弹起，箭也似的掉下来——幸被突兀的石疣卡住，才没栽进死神的怀抱——伸头一看，黑乎乎的峡谷深不见底，止不住心惊肉跳："好险呀！"那受伤淤血的脚趾，几十年后还乌迹斑斑，连趾体也变形了！

接着是绝壁区、飞石区、雪崩区、泥石流塌方区，进而是溜索区、飞蚂蟥区……溜索，是附山就崖的藤枝蔓条组成的。上看，一线深邃蓝天；下视，万丈深涧激流。稍有不慎，就会粉身碎骨、死无葬身之地。高度紧张的冀文正两个小时就撒了八泡尿。蚂蟥区的树上、草上、石上、土上……到处都是嗜血的蚂蟥，冀文正背上一次叮了三十八条蚂蟥，只好用热水烫衣服，才像揭墙纸似的把它们"撕"下来，洗了五遍，水还是红的！就这样——卧冰雪、战严寒、冲暴雨、立峭岩、避毒蛇、躲猛兽、斗狂蜂、住石窟、钻树洞……时而一身汗、时而一身冰、时而一身水、时而一身血地降到大峡谷的谷底（最低处只有海拔一百五十五米），而且如此这般二十六次，都"千难万险还坚韧"地活过来了，不啻于人类生命史上的奇迹！

这里没有文字，数的大限是二十。五，伸一只手；十，伸两只手；十五，加伸一只脚；二十，加伸两只脚。年月日的记法：一年十二根木头，一月一根；一日在"月根"上划一杠，三十日为一月。时过境迁，积下的"年月日"当柴烧。最好的食物是鼠肉；最"科学"的预测是杀鸡看肝；最好的"药方"是巫卜的砍树、烧屋、宰牛、杀人……冀文正，八个月学会少数民族的语言；不知年月，靠天天的日记推算；用行医服药去征服夺去生命最多的疟疾和痢疾；向老家（河南）要来种子，种瓜、种菜、种粮，教群众授粉，成了玉米“结婚”的“媒人”……一蹲十六年（前后相加二十二年），把人生最光彩的阶段，悄然地留在这儿。

青春呼唤爱情。家乡的姑娘也曾鸿雁传书。但在等待的煎熬中（“孤岛”一年只有一次“传书”的佳期），有的认为他“高”不可攀；有的梦见他壮烈牺牲……待冀文正信到，已纷纷飞向新枝。幸喜天府之国降下一个邝先华，冀文正才得以“天仙配”。

然而，他情有独钟的业余写作之花，却大器晚成地勃然怒放了——年近花甲，从“大拐弯”退下来，他自费多次翻越喜马拉雅山金风口，沉入“孤岛”，录下门巴珞巴民俗、民谚、民歌、民谣、民间故事，录了二百三十二盘磁带。接着用了八个月，吃掉十箱方便面，把这些资料抢译出来。四万五千元积蓄不够，他就把电视机卖了，气得冀夫人怒摔水瓶，大叫“离婚”。但成果，也在“轰响”中抢出来了——1990年，一年有一百八十篇文章见报；独领风骚的篇章，海内外争相转载；《珞渝情歌》《拉萨民谣》《西藏民间故事》相继发行；新的八本（藏汉文各半）著作，正在付梓；更新的三本，业已定稿。点破“发现人”的子虚乌有的追踪观察，论证“野人”的生存条件——这些轰动世人的奇闻，不过是他这个“奇人”编外的小菜一碟。

只要生命之舟不沉
吾将继续远航……

这不，今年冀文正已六十有四。眨着稍稍凹进的炯炯双目，三月，又有八篇文章见报；八月，又要自费从天府之国去翻越喜马拉雅山金风口，再探“孤岛”……

# 思念“五号”

回想您那一代雄风，我们就会更好地腾飞！

十万筑路大军，用简单的原始工具，凭着全心全意为人民服务的无穷的精神力量，带着长征、抗战和打倒蒋家王朝的战争的余威和伤痕累累的身躯，为了把藏族同胞从深沉的苦难中解救出来，在“生命禁区”的“世界屋脊”上开出两千多公里的川藏公路——这是我军的一大奇迹，中华民族的一大奇迹，也是人类史上的一大奇迹——而您是叱咤风云、挥洒这壮丽史诗和不朽精神的司令员！

“进军西藏，不吃地方”，“一人进军，五人支援”，运输问题，要比用兵问题困难好几倍……而您是十八军参谋长兼后方部队司令员和政委，兼筑路部队的司令员，天然地成了承担和解决这一难题的“红管家”。无怪乎毛主席多次和您谈到《红楼梦》里的贾府大管家王熙凤，这里包含着多大的期望、智慧和启迪啊！

从前有个好地方，<br>
只因过去世道坏，<br>
宝石无光花不开……

今天，在祖国急奔小康的乐章中，我们从花中站起来了——不但人均收入已过八百元，那黑暗、残酷、愚蛮的农奴制度留下的愚昧和无知，也为大、中、小学的簇簇鲜花所取代了！

喝水不忘掘井人。没有筑路大军的青春和热血染成的美丽的彩虹，没有您“红管家”的操劳，能够“神兵下凡界，风扫乌云开”？能够“千年的大山被推倒，百万农奴站起来”？能够“金山堆到云天外”吗？

草木有情！西藏的山山水水，怎能不记住您解开农奴锁链的声响；记住您团结上层爱国人士的艰辛；记住您为四千多公里边防哨所建房造屋挡住风雨和冰雪严寒；记住您带头拓荒，种粮种菜，养猪植树，让高原飘出温馨的清香……

啊，又是苹果飘香的季节。您赤着脚戴着草帽，在微雨中刨开荒棘乱石种下的第一棵“状元红”，而今，已“蔓延”成年产百万斤的果园了；您在奔波途中，多次脸色发紫，呼吸急促，逐渐昏迷过去的深谷野岭，而今，在“一江两河”的开发中，也“分外妖娆”了！

还有，您高烧不退，但凭着慧眼指挥，提前突破“空中禁区”，载着陈毅元帅荣归的当雄机场；滴着您的心血，引来大型“喜庆鸟”的贡嘎机场；穿过珠穆朗玛峰和希夏邦马峰之间的崇山峻岭，在您指挥下开出的中尼公路……这些都和着雅鲁藏布江奔腾不息的歌声，唱出了西藏美丽的今天！

如果说“老西藏精神”——特别能吃苦，特别能忍耐，特别能战斗，特别能创业，特别能奉献——是棵大树，在这棵大树的荫庇下茁壮成长的农奴和十八军的后裔们，都清楚地知道，您是扎得最深的一根主根啊！

西藏想您呀，敬爱的“五号”！

（注：“五号”指原十八军参谋长，后任西藏军区司令员、成都军区副司令员兼西藏军区司令员的陈明义同志。）

# 血　虹

血虹——圣洁和忠诚铸就的、青春和热血涂抹的彩虹——这就是“老西藏”！

当珠穆朗玛峰高高擎起西藏和平解放的第四十个春秋，巍巍雪山捧起洁白的哈达，雅鲁藏布江纵情欢歌，无数深情的念珠这样念叨的时候，一位“老西藏”——我们的二号，从心灵的广宇中走出来了。

啊，他清瘦的面容，方方的口角，又大又亮的乌黑的眼睛还是那样秀气，那样炽热，那样深邃……

如果说康藏公路是条巨龙，那故事是发生在巨龙脊骨的一个小小的关节上。

十月的山谷，像高原雄壮的疙疙瘩瘩肌肉上的漩涡；湍急的河流，像它的毛细血管，抢修二郎山、大战雀儿山战功显赫，荣获“开路先锋”称号的解放军某团团部就驻扎在这“毛细血管”的边沿。

还记得向这里开进时的情形吗？雪大坡陡路滑，负重气喘难行。不过翻一座二十多公里的山，战士们竟走了一天，掉队的还被雪埋了一夜！摸黑来到这雨雪霏霏的小河边，火点不燃，热水没喝一口，就在湿漉漉的草坡支上湿漉漉的帐篷入睡了。而二号，两块一米见方的小帐篷架成人字形，却点起煤油灯，用他挑灯夜读的光亮，给还在艰难中行进的同志们，送去目标，送去温暖，送去力量和鼓舞，直到迎来又一个黎明！

这条小河宽不过五米，深不过一米多一点，也以高原特有的漫不经心的雄浑和壮阔，小视这些饱经战火和风雨、肩负着历史重担的显得青春苍老和英姿凋残的人们；向这些伤痕累累、身疲力乏、用一层层血泡结成老茧而从未架过桥的新手挑战，使小小的桥梁工地，充满了陌生和新鲜的奇香异味。

十月的风并不算冷，但铁家伙沾肉还是“咬”住了，稍不留意还会撕下一层皮来。

轮番下水撬石、打夯。二号披着大衣蹲在岸上，等着给冻得瑟瑟发抖的战士们擦身、灌酒。见排长崔锡明脚、手都冻肿了、冻裂了，二号火了：“为什么要瞒着我下水？”首长的疼爱使崔锡明眼泪啪啪直落：“您说‘在艰苦斗争中，个人牺牲得越多也就对革命贡献越大’。我……”二号抚摩着他肿裂的伤口，百感交集：“还是这样舍身忘己！还是这样无私无畏！误入寺庙，违犯军纪，副连长降成排长，无怨无尤，多么难得的品质啊！”

“二号！”人未见，声先到。跟老红军金团长下去做军代表的原二营教导员“袁大头”走“娘家”来了，然而，攥着二号的手，他却孩子似的哭了。军代表，像散落在黑夜中的光点：照亮黑夜，又可能被黑夜吞没。“教导员！”“袁代表！”同志们敬重、关切地围过来，说不完的战友情、离别话。二号问：“怎么样？”老袁说学会不少藏话，也学会吃生肉了。“感情呢？”二号问。“就像离娘的孩子，光想部队！”老袁说着又泪雨滂沱。

忽然，一阵稀疏的枪声，把大家的视线吸引过去：山包上暗红暗红的寺庙，像冷冷瞪着的眼睛，几个持枪跃马的人，越过寺庙飞奔下来。这时才发现，一位藏族老人背着血糊糊的孩子，已跪在工地路口上求救了。他们是世袭的“娃子（奴隶）”，因孩子说“金珠玛米亚古嘟（解放军好）”，被头人砍断手臂。二号亲自交涉，留下“娃子”抢救。

唯一一线希望是大量输血！

然而，血型？……化验？……唉，救人要紧啊！

二号第一个卷起袖子：“我的血是‘无私’的——O型！”

然而，摸着他瘦瘦的胳膊，朱医生犹豫了：孟良崮、豫东和淮海战场，他流过血；解放九江，为“不战而克敌之兵”，他像庐山那样挺拔、威严，带着警卫员和通讯参谋，深入虎穴，用他的凛然正气和大智大勇，打开了敌人的城门；进军大西南，他帮战士扛枪、背米袋，马让给病号骑；川西剿匪，他运用刘伯承兵法，远奔夜袭，以少胜多，迅速打开了局面；抢修二郎山、滥池子公路段，有他挑的土，木叶棚有他扫的雪；大战雀儿山，他眼泡浮肿，脸色青黄，拽着牦牛尾巴还是爬上了“鞭子打着天”的地方，用火攻，用炮炸，劈开了这道雄关……他七岁接过爷爷为地主放牛的鞭子，是学校窗下常常凝望着的一双又大又亮的乌黑的眼睛，感动得老师免费收他做了学生。当日本侵略者的膏药旗污染中华大地时，他读到“国破山河在，城春草木深”的诗句，就毅然跑出二百多里参加了八路军……现在，他宝贵的血又要流在藏胞的血管里了。看着他瘦瘦的身影、清瘦的面容，朱医生颤抖的手总是“找不到血管”。二号恼怒地骂了句“熊包！”，医生才忍着泪抽出血来。

二号的行动像无声的命令：水里水外的“O型”血战士都冲了过来。“轮番下水作业的不能抽！”二号说。但他们不服：“抽这点儿血算什么！”就这样，孩子的脸又渐渐地泛出了红润。老人向太阳，向二号，向在水里作业的解放军指战员们，磕起触地有声的长头。

不知为什么，这条小河里的无鳞鱼特别多，常黑压压地排着队在水下作业者的腿上乱撞。炊事班长老邓，想熬鱼汤让抽血的同志补补，手里举起块石头。黑乎乎的鱼群，吐着水泡，昂头张目，瞧着他，好像说：“看你敢违反政策！”他只好放下石块，看着“水神”们撒欢地游去。最后，给每人烧碗灰灰菜汤，说：“这家伙是补血的！”送汤时，广播里飞出亲昵的童音：“敬爱的解放军叔叔！为了保卫祖国和人民的幸福，你们英雄的热血，有的洒在朝鲜战场，有的洒在西藏高原……”此时此刻，听到这些，像整个伟大祖国一下子掉进他的心窝，二号止不住地哭了。

# 川藏线上怒江澎湃

## 此时此刻，从她背上滑下的，却是……

在夏日阳光的蒸烤下，流速每秒三米的怒江，如惊雷奔驰，涛声滚滚，轰响不绝。东岸，九曲十八盘，直落两千米的筑路工地，军、师、团办公的帆布帐篷，像散落在山坡上的一簇簇白色的云团，凝重无华；挖个坑盖上方块帐篷的“军人之家”，像从地下冒出的一朵朵灰色的大蘑菇，温馨迷人。

就在军指挥部帐篷斜面的山坡上，一群驮载着物资的牦牛，晃着“老年迪斯科”，散漫地走下来了，眼尖的忽然叫道：“快来看——央宗姑娘又来跳‘牦牛舞’了！”为修筑康藏公路，藏族人民出动两万多人和十多万头牦牛参加运输，有些头人和活佛也献出了他们的热心。当然，真正沐雨浴雪，跋山涉水，把血汗洒在深谷野岭上的，还是那些“娃子”们，央宗姑娘就是这两万多人中的一个。她虽然才十六七岁，但受过的苦难，用十六七年岁月织成的氆氇也包不了。头人用鞭子把她打得昏死过去，又用滚油把她浇活。可是，她依然像高原的山峰一样，有着浑厚的清醇；像高原的小花一样，有着青春的灵秀；像高原的江河一样，有着奔腾的激情。

然而，此时此刻，从她背上滑下的，却是满身褴褛、蓬头垢面、背上绑着几根柴棒、奄奄一息的测绘队指导员杨世举——“杨大炮”。筑路部队的政委粮明德闻讯赶来了，看到“大炮”那副模样，一个红军老战士对部下的疼爱之情，顿时搅翻了他那颗爱兵如子的心，他上前把“大炮”抱住，眼泪唰地滚落下来……

## 抱得更紧，眼泪也涌出得更多了……

这决堤般的亲情，除了“爱兵如子”，还与对“大炮”的熟稔和“大炮”所肩负的特殊使命有关。

粮政委太了解“大炮”了——

他的浓眉大眼，盈溢着中原泥土的气息；他的直筒子脾性，闪射着无私无畏的光彩。他给地主扛过活。给老板打工，他爱看地下党赵汇川的“铁血队”打球。抗战开始，赵汇川当了新四军的分区司令，他参加了新四军。有次他装扮成商人去侦察，穿着白绸子裤褂，敞着怀，正走着，突然从高粱丛里闪出个黑洞洞的枪口逼着他。他大大方方地把两个口袋里的四块大洋掏给对方，以老朋友的口气说：“我是给老板跑腿的，为了好交代，请你在我裤角上打个洞怎么样？”那人真的抓住他的裤角开了一枪——但瞎火了，那人赶忙拉栓换子弹，他这才从背后抽出二十响，对着那人说：“不用换弹了——你的不响，来试试我的！”吓得那家伙扑通跪倒，连说：“瞎眼！瞎眼！”可是，他只缴了那人的盒子炮，那四块大洋并没有收回，感动得那家伙千恩万谢，夹起尾巴溜了。1950年随军进藏的测绘人员“发现”了这些，伸出大拇指说：“‘大炮’来当指导员，万水千山只等闲！”

果然，踏勘靠步量目测，爬冰卧雪，忍饥挨饿，含辛茹苦，雪山荒野的孤独和恐怖，绝壁急流攀涉的劳累和战栗，两年多把他们变成了“野人”。然而，正是他们，翻越两百多座雪山，行程一万多公里，用他们的勇敢、智慧和牺牲，踏勘出北、中、南三线的结果，给党中央和毛主席提供了决策的依据。

然而，当沸腾着“公路走南线，五四年通拉萨”的伟大激情，背着“闲睡”的枪炮、磨损的工具、补着补丁的帐篷，披着高原夏季嫩绿的凉风，告别澜沧江，翻越米拉山，跳过金水河，跨过开阔的邦达大草原，像滚滚波涛涌进——不，跃进怒江峡谷时，出现了跌宕的漩涡：“按图索骥”，工程人员踅了一遍又一遍，却怎么也找不到怒江建桥的位置——冷曲河口了！天哪，测绘队远在千里之外，关山难越，相求何及。怎么办？急得在前线指挥的司令员陈明义、交通部副部长潘琪和苏联专家包罗夫团团转，不知如何是好。

于是，测绘队谎报军情，“刘扬勋（踏勘怒江的负责人）要脑袋搬家”，不知出自谁人之口，但随着“跌宕漩涡”的加剧传开了。

待“尝过梨子滋味的”粮政委赶到，对照测绘队每天汇报的电报，发现是绘图人员把冷曲河口错移三十二公里，放到下游的雪竹卡去了。已误了不少工期，尽管粮政委、陈司令员把责任揽在自己身上，但那传言，还是不胫而走了。

闻此，在啧啧声中“大炮”当仁不让，安排好观测“鸽”冰川，背上绑几根柴棒——既为负荆请罪，代人脑袋搬家，更为点明实情，以免延误工期，便没命地赶啊赶啊，驮马累出肠子，就全靠两条笨重的腿，依然没命地赶啊赶啊，向工地赶来，途中天逆人愿，急中生灾，虽未葬身悬崖，但装着三天干粮的糌粑口袋，却坠落深谷激流，销声匿迹了！纵然“大炮”壮怀激烈，红心似火，毅力超人，可空着肚子奔了两天半又半天的五分之四，也就是说离工地只差一个山头，他还是摇摇晃晃栽倒了……

## 苟利国家生死以

粮政委抚摩着“大炮”脏乱的头发，叫他看看喧腾壮阔的工地，告诉他，耽误的时间，早被同志们抢回来了；再过一个多月，贝雷式怒江大桥就可提前架成通车了……不料，真挚的抚爱，喜出望外的结局，使“大炮”稍稍放松的神态，蓦地露出一副恨不能把怒江吞了的饿相。

经过细致的观察、询问，弄清“大炮”眼下的“症状”原来是因为一个“饿”字。粮政委倒把“驴脸”一抹，喝道：“把他——给我绑上！”然后挂着“驴脸”走了。

粮政委令出法随，这一声“断喝”，谁敢不听？

可这一绑，又把半死不活的“大炮”绑活了——

“你算什么‘粮青天’！”粮政委爱护群众，爱护下级，处事果断、公正，所以有人喊他“粮青天”。

“什么‘苟利国家生死以，岂因祸福避趋之’！”粮政委爱引用林则徐这两句诗律己、教人。

再说粮政委，急急慌慌钻到小伙房，和炊事员一道，撬开猪肉罐头，把仅有的一些野菜全部用上，蒸出一口一个的“小笼包子”，让别人隔十分钟喂下两个，也不管“大炮”吃了怎么吆喝：“怎么能这样折磨我哟！我要吃饱了问斩！我要当饱死鬼！”直到“大炮”肚里有一斤多东西垫底，再不怕他憨吃伤着肠胃时，粮政委才笑哈哈地出来给他“松绑”。弄得不知眼泪为何物的“大炮”，像撒欢的小驴一样，嗷嗷地哭叫起来，把李昌源、余炯、刘扬勋、叶祖熔、齐树春等人签名的“上书”，从怀里摸出来，颤抖着呈给粮政委。

## 魂丢在西藏——叫怒江吞了

星移斗转，人世沧桑，那时二十左右、三十左右“火红的青春”，如今都已届“耳顺”或“从心所欲”6年了，故事中的几位近况如何？我按捺不住要弄个“水落石出”。喃，如愿了——

央宗姑娘——成了西藏的一个人物，盘在她头上的发丝，仍像黝黑的灵光，显出她的直鼻秀目，她还是那样单纯、文静；褪了色的衣裙，衬托着细挑的腰肢，显得她还是那样温厚、善良；底子薄薄的藏靴，色彩单调，却伴她踏破历史的冰雪，走进了祖国明媚的春天……

粮政委——漫步在长沙的橘子洲头，看着“鹰击长空，鱼翔浅底”，正在构思从康藏公路升华出来的新的篇章。问到“要脑袋搬家”的几位，他们早都成了我国公路方面的专家，他说。

“大炮”——成了“格尔木之父”，率“杨家将”作为先锋开发格尔木后，一直奔驰在西藏交通系统。笔者有幸分享过他那无私无畏的豪情：我因1959年记有“担心党和毛主席会不会万一犯错误”的笔记，“文化大革命”中被打成“现行反革命”，锒铛入狱。老首长、老朋友，老实的嗫嗫嚅嚅，躲而避之；势利的顺势抬脚，落井下石。而杨世举——“杨大炮”却寻机探监，送食送物，且斗胆和西藏高级法院的党委书记争论起来。——这真是千载之下也要感天地、泣鬼神的！现在，他离休回老家（安徽宿县城关小杨庄）休养。话及当年，他说：“我的魂丢在西藏——叫怒江吞了。”

# 十八军“老西藏”，八十八岁献华章

翻开20世纪30年代的历史画卷，在内忧外患恶浪的狂袭和吞噬中，1935年爆发的“一二·九”运动，把一个热血青年从中州古城开封，推向了抢救民族危亡的战场……

1950年启动和平解放西藏的昌都战役，这“青年”已是十八军五十二师指挥中路的副师长。在炮火卷起的历史的激流漩涡中锻打到这个地步，可见他披坚执锐，要历练多少个晨昏。

然而，谁会想到，拿下这么多云滚雷怒的战斗，送走这么多血雨腥风的岁月，这漫长的历程，他都不舍昼夜地记了下来，并附有详尽的图样！

他长年在西藏担任要职。今天，作为兵团级高干，官可谓大矣。

然而他，却固守一副“抱朴守真”“见贤思齐”的普通共产党人的心态：

他深知“好仁不好学，其蔽也愚”，“贱尺璧而重寸阴”，常常拿着放大镜在窗下苦读——含英咀华，俯仰古今；

他深知“俭，德之共也；侈，恶之大也”，“不为物移，不为己忧”——舒卷风云之气，吐纳珠玉之声！

因开辟日喀则地区、指挥修建中尼公路，他对喜马拉雅山和羊湖情有独钟。所以，老人顶着酷暑秋热，苦斗几十天，几易其稿，从心底奔出的华章——《赴萨迦慰问纪行》，不但裹有喜马拉雅山的猎猎雄风，还藏有羊湖水的脉脉深情。对伟大祖国的热爱，对西藏那片神奇的土地，以及那里的寺庙、头人和农奴，给以阳光般的亮色，给以春风般的和煦，给以雪山清泉般的甘甜……跃然纸上地再现了那超凡脱俗、全心全意为人民服务的境界！

呵，那不是“松根当路龙筋瘦”，

那是神清骨峻外在的美；

那不是“老树春深更著花”，
那是“老西藏”精神内火的迸发！
一腔热血勤珍重
洒去犹能化碧涛！
——什么是“天行健，君子以自强不息”？
——什么是“地势坤，君子以厚德载物”？
陈子植——八十八岁献华章的老人——给了它们最鲜活的诠释！

# 白发绾住西藏情

## ——《西藏文学》编辑部在成都与部分“老西藏”座谈有感

### 东风夜放花千树，更吹落，星如雨

一缕香魂，一只美丽的喜庆鸟——《西藏文学》——衔着庆祝中华人民共和国成立五十周年、纪念西藏民主改革四十周年的金子般的花絮，飞来秋阳艳艳的天府之国，温馨地飘落到白发绾住西藏情的十八军老战士们的胸前；霎时，“东风夜放花千树，更吹落，星如雨”，唤回了他们和血著泪留在西藏的火红的青春年华——羊湖的水，羌塘的风，拉萨的太阳，昌都的锅庄，喜马拉雅山的高天流云，雅鲁藏布江的轻歌曼舞，大拐弯的神奇，三江两河的幽香……都还是那样俏，那样美，那样叫人痴迷，那样叫人酣醉吗？——不！不！这都是老调门、老印象了！西藏沐浴着改革开放的春风，秉承着“特别能吃苦、特别能忍耐、特别能战斗、特别能团结”的血脉，张开腾飞的翅膀，“日日新，又日新”，早已变得更俏，更美，更神奇了！

### 香非在蕊，香非在萼，骨中香彻

抖落征战的风雪，“香非在蕊，香非在萼，骨中香彻”的“老西藏”们，虽然被时间的车轮推上岁月的高坡；然而，“会当凌绝顶，一览众山小”，在人生的“珠峰”上，点缀着蓝天白云，革命战士的真、善、美，更绚丽多姿了！那岁月的积累，人生的冶炼，血与火的拼搏……是多么富丽的矿藏呀！然而，若不披星戴月、挥汗如雨地把它开挖出来，大自然的巨手就会断然把它收回，化为一缕淡淡的轻烟，消失在广袤的宇宙中，化为乌有了！所幸，一曲《诉衷情》，使他们拨转马头，投入进了创作——

爬冰卧雪攀高原，雄烈壮山；
解放百万农奴，热血开新天！
志未尽，鬓已斑，怎么办？
人来天府，心留西藏，笔战更酣！

尽管拿枪拿炮、拿锹拿镐的手，拿起笔来异常沉重，尽管有着各自的苦衷和“难产”的羞涩……然而，那“横眉冷对千夫指，俯首甘为孺子牛”的红心，那“苟利国家生死以，岂因祸福避趋之”的高洁，那“祖龙力驱不肯去，至今鞭血余殷红”的恋情，那“拼却老红一万点，换将新绿百千重”的伟烈……尽管还不是“堪羞损，山桃如血”的“花中奇绝”，然而，这曾托起过共和国火红的年代，又经过世界屋脊风雪烈日的强化和百万农奴的爱戴，从心底奔涌的带血著泪的清歌，总会受到历史慧眼的青睐和珍重吧？

西藏情深！

后年，是进军西藏和平解放五十周年。

“老西藏”们，迎着“残照当楼”抢下的心灵的收获——这又一颗清香四溢、沁人心脾的“雪域明珠”，若能由《西藏文学》来他两个专刊，嵌进艺术殿堂的史库，滋养今人和后人，当是多么“奇绝”的“遗产”啊！

## 黄河落天走东海，万里写入胸怀间

《西藏文学》编辑部独具明澈的慧眼，向“危红数点藏深绿”掘进的真情，对一呼即飘然而至的“老西藏”们长年积蓄的苦恋来说，不仅是“喜上眉梢”，简直是“满川花柳争春发”了：他们个个“披坚执锐”，句句“刺刀见红”。他们有全国一流的名人，有作家、诗人、学者，有军师级干部，也有痴情于西藏“笔战更酣”的一般同志。千言万语捧出他们的心来，就是希望提高思想、知识和艺术含量，把《西藏文学》办成全国的、世界的、有西藏特色的一流刊物！日影在“如切如磋，如琢如磨”“黄河落天走东海，万里写入胸怀间”的炽热轰响的氛围中，悄悄地滑过。

如果说，印度板块和欧亚板块撞击出了西藏特有的高度和神韵，那么，这新老“板块”劲往一处使、血往一处流引爆的心灵、激情的火花，就让它化成蓝天雄鹰、雪山霓虹，擎起《西藏文学》的香魂——腾飞吧！

# 铁军精英

# 元帅母校话元帅

天府之国出“天神”！

张爱萍将军那忽如雄山耸峙、忽如江河奔泻、忽如狂风呼啸的笔迹“在陈毅爷爷母校成长”，把陈毅元帅“豪气贯日月，英风动大地”的豪迈壮阔和雄浑大度挥洒得美不胜收。

看着孩子们幸福的笑脸，陈老总的巍巍勋业和浩浩长风，风起云涌般地卷进我的心头。

在那黑暗悲惨、国运坎坷、山河破碎的年代，他俯仰天地宽，立志为人民。

红军长征后，他因伤留在南方苦苦坚持的三年中，“冷食充肠消永昼，禁声扪虱对山花”，时而“妙善隐蔽，与敌肩摩。我不出手，敌不知觉。出手一击，风扫叶落”；时而“来似飞鹰，走如逝波”，“一日数战，突破网罗”，把游击战争的“绝技”，挥洒到“最精彩的阶段”。而在“刀丛扑去争山顶，血雨飘来湿战袍”“碧血前驱流万斛，新坟后继起千堆”的漫漫长夜中，他奔涌的诗情是“莫道浮云终蔽日，严冬过尽绽春蕾”！

那超凡的大将风度，就更叫人拍案叫绝了：每每一个大仗布置完毕，他让粟裕同志直接指挥。为不干扰粟裕同志的思路，宁肯找一个僻静的地方去下棋。可是当战斗处在最艰苦的“爬山头”的阶段，他会头上冒出汗来。而当他笑着把棋子“啪”地一拍的时候，马上就会传来胜利的号音！

他对同志的坦荡、热诚，恰如明亮的阳光。比如，刚刚点燃爱情之火的张爱萍同志的女友桌上出现一把小刀，谁也没有什么“异样”的感觉。可陈毅同志一眼就看出其中的“奥妙”，并“迫不及待”地抓住张爱萍，授以捷达之径。

然而，迎着孩子们企盼的眼神，我能讲什么呢？……我脱口冒出“陈毅爱才不爱命”。不但把孩子们“震”住了，就是有些老师也愣神了。这自然是“才”、“财”同音造成的误会。待我道清原委，他们荡起了敬仰的笑意。

这原委是：在新四军战斗频繁、伤员增多，又缺医少药、处境最艰苦的阶段，上海地下党送来两名高级医生。陈老总吃野菜，吃红薯藤煮稀饭，却叫事务人员买鸡蛋和鸡给两位医生吃。

大家接受不了，喊喊嚷嚷。

陈老总答曰：“‘知识就是力量’嘛！把医生同志亏垮了，害病、受伤的同志嘟个办？‘好钢用在刀刃上’嘛！这点儿钱拿来照顾医生不就是最好地照顾大家吗？”

陈老总接着说：“没有文化的军队是愚蠢的军队。愚蠢的军队怎么能打碎旧世界，创建新中国？”于是要求“大老粗”要坚持每天认五个字。说真的，我这点儿文化，还亏了当年的陈老总强浇硬灌的呢。



十里长淮步月迟，阑珊灯火启情思！

在抗日战争胜利五十周年来临之际，不知有多少新四军老战士对陈老总涌起敬仰的怀念之情。我愿告诉天府之国的战友们：陈老总天神般的辉煌与高洁，在陈毅母校——大田坎小学师生的心灵中已深深地扎根，并开花、结果了！

（陈毅元帅1913—1915年曾在成都市大田坎小学——当时称华阳县得胜乡高等小学——读过五、六年级。当年的校舍仍有一处被保存下来。“我”指干思贤）

# 邓政委讲话后

饱享改革开放后的幸福生活，总令我时时记起邓小平政委当年在雨中给我们部队讲话的情景！

1946年6月，蒋介石撕毁“停战协定”。国民党十一和八十八整编师、五十八师新十旅、新五军，带着江苏省保安团，肖、宿、永、夏等县保安团和大批地主武装（还乡团），向我们从日寇铁蹄下浴血收复的战略要地——津浦路以西、陇海路以南、新黄河（贾鲁河）以东紧挨徐州的大片国土——新四军华中八分区，铺天盖地地压了过来。分区主力经过连续苦战，为暂避锋芒，跳过陇海路，撤入老解放区郭城一线，就像在外奔波的孩子扑进母亲怀里。

群众载歌载舞和杀猪宰羊慰劳的第四天，部队接到通知，八路军晋冀鲁豫大军区政委邓小平同志要来给部队讲话。

天下着大雨，部队怀着无限的企盼和渴望，列队在雨脚如麻中焦急地等待。

闪电雷鸣中，邓政委和有关同志驰马而至。

洪亮的四川口音，穿过风声、雨声、雷声和欢呼声，溶入我们沸腾的热血——

邓政委谢绝我们部队首长为他撑开的雨伞。疯狂的雨水浇透了他和战士一样的灰土布军装，从帽檐和脸上往下滚淌。仁爱、宽宏、亲切，顶天立地。冲着苍穹的帷幕，那超凡的气度和伟人的风范，使我（指王川，下同——笔者）倏然想起“登高壮观天地间”和“挥剑决浮云”的诗句。

“同志们！我不是算命先生。但我可断定：蒋介石这个秋后的蚂蚱——蹦不了几下了！……”

风趣的话语，霎时撩开部队指战员们澎湃的笑声。

负阴抱阳，衔古含今；举重若轻，汪洋恣肆；他做着“每临大事有静气”和喷薄云天又切近现实的分析。

“蒋介石要打，我们一不怕、二奉陪——直到把这个反动王朝从历史舞台上赶下去！”

话语声像火花四溅在燃烧。

“党中央毛主席号召：就地坚持，寸土必争。敌强我弱，部队可以化整为零，区不离区、乡不离乡，和敌人斗争、周旋。”

邓政委犀利的目光，擎火携雷扫向我们部队的领导：

“谁叫你们撤出来的？这一撤要给党和人民造成多大的损失？要付出多大血的代价？——你们怎么撤出来，给我怎么打回去！”

“岂有羲和忧日坠，更无劲草怯风驰。”

如听旷古天风，如见昆仑崩裂！

我们部队领导陡然顿悟——令每班派一个人回驻处拿背包。没等云散水收，就顶着风刀雨剑，连夜穿过陇海路，进入我们浴血收复的国土。

那时，我在报社任记者。一打回老家，就被一位两个儿子被杀害、双眼被打瞎的老母亲抱住了：“孩子！你们可打回来了！”我悚然跪在老母亲跟前，连声哭喊：“娘！娘！我就是您的儿子！——我们都是您的儿子！”

这是一种美，更是一种力量！

我们雪落无声地返回，完全出乎敌人的预料。

部队一举拿下三座城镇，打开局面，站稳了脚跟，为豫皖苏军区的成立和刘邓大军跃进大别山、淮海战役的胜利，奠定了基础。

（与王川同志合写）

# 念军长

陈毅元帅九十五岁诞辰和铜像落成之际，读到报载的《念军长》：

扪虱挫敌出深山，脱手斩得小楼兰。
大江南北任纵横，长河上下走诗篇。
豪气酣卧青松上，风华醉染百姓间。
光明磊落日月在，情满华夏誉满天！





陈帅的巍巍雄风和浩浩伟业，不禁唤起我（指干思贤，下同——笔者注）与之接触的点点滴滴的回忆——

“皖南事变”后，陈毅同志受命于危难之时，于1941年1月20日任新四军代军长。为号准蒋介石的脉搏，1月26日令三四四旅组织一支精干的小部队，以迅雷疾风之势，深入反共军后方阚疃集及其以西一带，游击作战，迷惑敌人，施行战略侦察。旅长把这个光荣而艰巨的任务交给六八八团三营（营长张凤才、教导员干思贤）执行。26日晚八时前，我营备足二十四小时的干粮和饮水，九时于凤台县罗集出发。找不到向导，就凭十万分之一的地图，冒着大风、大雪、向西飞速前进四十五公里，于27日十三时，进抵敌据点。在雪景和太阳光照射下，对敌保安队前哨连的营区，观察得很清楚。我九连爬上阚疃集围寨时，敌人才发觉。我营除十连作预备队外，七、八、九连及营部重机枪排全部投入战斗。只用三十分钟，即胜利告捷，缴获机步枪八十余挺支。1月28日，敌人以两个团的兵力向我扑来，我营奉旅团首长命令，已于一个小时前撤离阚疃集，向东转移。敌何柱国派一个骑兵营向我追来，我营埋伏于河沟有利地形，打垮其三次冲锋。敌无奈，退回阜阳。我问抓来的俘虏："你们为什么退回阜阳呢？"俘虏说："听枪声你们是打败过日本的八路军。"我问："为什么？"他说："平型关打败过日本的八路军才有日本机枪和苏式的转盘机枪。"并说他们的武器比不上八路军的好。阚疃集奇袭战斗，是我营执行陈军长战略侦察的胜利。

1946年1月20日，一师、四师的两个特务团，在淮安县河下集合编为华东军区警卫团（后为华野警卫团，淮海战役时为总前委警卫团，我在该团任过政治处主任、副政委、政委等职务）。为确保首长和野司机关的安全，我和首长接触较多。

1946年8月，蒋介石发动全面进攻，形势比较严峻，大规模运动作战已提上日程。一天，在淮阴县的一个村庄，我同团长舒裕旺同志在野司作战处长夏光的一间挂满地图的大房间里接受任务。对警卫团兵力的分配使用，夏处长说："三营随军长前指，先北上山东地区。对一、二营要做好战略转移的思想工作。各连要单独执行战斗、警卫任务……"这时，陈毅手持大蒲扇缓缓地走了进来。

军长见我们在，便拦过话头，开导说："干思贤你不是爱打篮球么？你拍球用劲小了，球就跳不起来。可见压力并不是坏事。"他接着说："你们两位都是红军战士。回想一下，个人的进步，革命事业的发展，哪个不是在压力下前进的？没有压力，红军不会离开江南八省；不离开江南八省，就不会到陕北的抗日前线。没有压力，就不会有二万五千里长征；没有二万五千里艰难困苦的拼搏，中国革命就不会有今天的大好形势。"他风趣地说："谢谢老蒋又要给咱们加压了！"他说："你们还要想一想，离开苏区时，甩掉了多少坛坛罐罐呀！这次野战军做战略转移，又要甩掉一些坛坛罐罐了。"但他成竹在胸地说："我敢肯定：很快就会返回苏中、苏北的！全国的解放，快要到来了！"但他接着强调："为了革命全局的胜利，有些部队要扩大，有些部队要缩小。任何职务的干部，都要能上能下。你们要做好警卫团非战斗的减员工作。"

舒团长问："发不发部队转移时的教育指示？"军长说："现在革命形势发展很快。你们应根据形势发展向干部战士做好政治思想工作。有些文件，还来不及发给你们。"

一次谈话，终身受益！就是在这次谈话的教育下，我主动让位，增强了部队的凝聚力。

1947年5月初，华东野直各领导机关转移到山东临沂地区，决定华野警卫团和山东军区五十团合编为一个警卫团。五十团由寿光县各区乡的武装组成，县委书记是带头参军并被任命为团政委的。两团合编后我就主动找野政主任唐亮同志提出，让县委书记任团政委，我任副政委（我原是警卫团政委、党委书记）。被组织认定后，果然效果很好。

大雪压青松，
青松挺且直。
要知松高洁，
待到雪化时。

然而，陈帅的伟大人品和巍巍帅才，是天上掉下来的吗？

走进陈帅的几所母校，我们才深深知“宝剑锋从磨砺出，梅花香自苦寒来”。陈帅少年时，家境清贫，国难深重，他抱着救国救民的大志，刻苦学习，勤奋上进。陈帅这棵伟岸、高洁的华夏之松，是历史的巨手在磨砺中苦苦栽培的呀！

# 淮海大战前夕

伟人广达安天下，人杰地灵一农家。
幼时随母干家务，少年求学勤耕涯。
十六出洋学马列，青春回国播丹霞。
实事求是握真理，改革开放富中华！

读着这首小诗，我油然想到淮海大战前夕，邓小平政委和陈毅司令员来到我们豫皖苏三分区的情景。

那是1948年初冬，朔风呼啸，黄沙滚滚，万木萧疏，遍地枯黄。尽管我们都感到蒋介石这个秋后的蚂蚱蹦不了几天了，然而，对决定中国之命运的大战之一的淮海战役就要在我们眼前展开，却是绝没有料到的。

我们三分区包括萧县、宿县、蒙城、涡阳、永城、砀山、商丘、夏邑、亳州等地区的大部或全部，处在陇海铁路和津浦铁路以徐州为交叉点的“胳肢窝”里，战略地位十分重要。

11月3日，风沙大作，阳光昏暗。邓政委和陈司令员一行，像是从天而降，突然来到我们分区驻地——裴桥。惊喜中我们看到，邓政委身穿灰军衣，满面风沙，眼窝深陷，微笑的眼神中含着对人民的挚爱和克敌制胜的大智大勇。陈司令员身着黄军衣，满面风沙掩不住他豪放的风度和朗朗的笑声。邓政委、陈司令员的到来，使我们顿感冬去春来，备受鼓舞。

稍事休息，分区的有关同志被叫到一间草房里。首长们详细询问了涡河南北、淮河南北的地形，徐州、宿县的敌情，分区的群众斗争、生活和物产等。邓政委指着地图上的孙疃集、南平集沿淮河一带，意味深长地告诉我们：推翻秦王朝的陈胜、吴广就是在这里起义的。接着传达了党中央毛主席的伟大决策：要在这里打大仗，要我们“倾家荡产”支援前线，说：“为救人民于水火，就要不怕打烂坛坛罐罐，不怕‘倾家荡产’。”陈司令员说：“我完全拥护小平同志的指示！‘一枝一叶总关情’，人民的长远利益和眼前利益，我们都要想好。为了这个大仗的胜利，今天‘倾家荡产’，今后就永远不再‘倾家荡产’，你们打烂‘坛坛罐罐’，全国老百姓就不再打烂‘坛坛罐罐’了。”

我们分区司令员邢天仁同志提出，想借野战军的威力，把钉在我们背上的“钉子”——集结在夏邑城的反动武装拔掉。邓政委说，野战军为打这个大仗的组合，正在运动，无暇顾及，要我们自己把它拿掉。陈司令员看着邢司令员张着合不拢的嘴巴，顺口念道：“昨夜江边春水生，艨艟巨舰一毛轻。向来枉费推移力，此日中流自在行。”叫一声“小邢”（那时，我们经过长征的邢司令员，刚到“而立”之年，其实已经“不小了”）然后又成竹在胸、简洁而豁达地说：“现在形势不同了，不要再翻你的老黄历喽。知己知彼，百战不殆嘛！要发挥你们的优势，以己之长，攻敌之短嘛！”接着朗朗地笑道：“众人是‘圣人’嘛！我相信你们会以最小的代价很快把这个‘钉子’拔掉的！”

然而，当新华社广播我们解放夏邑城的时候，邓政委和陈司令员他们，早已踏着风雪，在淮海前线日夜操劳了。

# 张震副主席又要看我的枪伤

革命熔炉炼就的亲情，不因岁月的流逝而磨损，也不因身居高位而淡化……它是多么真挚、清醇而又撼人心魄呵！

在锦城艳阳灿烂的秋色里，我正在聚精会神地浇花，一辆面包车开到我的院门口。

从车上走下身着便装的来客，虽然鬓染霜雪，却那样健壮硬朗，洋溢着老军人固有的飒爽英武之气。定睛“扫描”，我还没有完全“破译”出来者，来者却用我当年听惯了的语气叫了一声：“干思贤！”

呵，1946年别后，不是一直没有相见了吗？当年战斗的日日夜夜和着我浑浊的老泪便蓦地涌现在我的眼前——

1940年、1941年、1942年、1943年、1944年，新四军四师在日伪顽混合的剿灭中，处境是何其艰难啊！我们特务营不但是师部的“御林军”，实际已成了彭雪枫师长和张震参谋长手下的一把锋利的尖刀，几多难攻难顶的战斗，几乎都要靠我们去把它拿下来。

打小朱庄，这是又一场恶战。

小朱庄是日伪顽的一个交汇点。

四师要收复津浦路西失去的根据地，这个顶门杠，说什么也必须把它砸断！

几次冲杀，我们已伤亡百余人。

彭师长下狠心要动用他的“御林军”了。

张震参谋长把我叫去说：“你十四岁参加红军，现在集特务营的营长、教导员于一身（营长林乃清已升任团长调走，我是教导员）。你们有炮兵，虽然只有五发炮弹，拿下小朱庄——轰掉三座碉堡也全靠你们了！”

我们何止是“受命于危难之际”呀!

为了增加轰击的威力，要把野炮改成平射炮。炮架不稳，就拉来巨石压住。五发炮弹头两发又偏离目标，急得师长和参谋长头上冒汗；急得我和炮手几乎要哭了。好在苍天有眼，恶有恶报。这最后三发，竟一发一个，把三个碉堡全炸飞了。

在师首长的嘉许和鼓励中，我带着二连，呼的一声冲了上去。在巷战中我的肋骨被打断两根，却依然忘我地冲在前头。怎么我的手枪不翼而飞了？原来是从暗堡喷出的子弹把我的肩胛骨打穿了……待我清醒过来，歼灭一千五百余人的小朱庄战斗已经结束，师首长围在我的担架旁，为我又活了过来而喜泪盈眶！接着是张震参谋长，找出最好的马匹，派了他的警卫人员，让我在群众掩护中才慢慢得到了治疗。

而在随后的战斗中，张震参谋长的肩头也被子弹穿透了，更令人悲痛的是，在1944年 9 月11日的战斗中，我们敬爱的彭雪枫师长也牺牲了……

这也是“忆往昔峥嵘岁月稠”吧!

四十多年后，张震副主席踏过当年的长征路，视察边关归来，又专程来看我。“喜从天降”，我怎能不又一次忘情啊!

当我要热情招待时，他从身上掏出个玻璃杯子说：“还像当年一样——只要白开水！”坐下后，就转动着他的胳膊说：“瞧，胜利后又动了几次手术，我的胳膊全好了！”接着，又要看我的枪伤……

# 峨眉山的太阳

峨眉青翠的峰顶，雄傲地屹立在汹涌澎湃的云涛之上。红日沉重的车轮，带着大海的涛声，滚出峰顶的万道金光。

洪荒中从华夏源头走来的阶梯小路，满载着厚重的历史的积蓄，艰难地向峰顶延伸。坎坎坷坷的皱褶里，存有哲人的登高疾呼，也存有诗人的滴血苦吟；存有挥剑决浮云的巍峨险峰，也存有启迪人类文明的科学之光；存有辉煌到无以复加的盛世之巅，也存有受尽欺凌的悲惨之境；存有抖落泥土站起来的扬眉吐气，也存有四顾茫然不知所措的凄风苦雨……充盈着这陡峭的阶梯，幻化出烟霞的秀色，背负着仗风敞怀的老人，挥汗成雨地向峰顶攀登。汗水的盐分，因含有旧中国的苦涩，含有百色起义的果敢，含有万里长征的艰辛，含有抗日烽火的硝烟，含有跃进大别山的雄风……而分外晶莹。

深情地爱着祖国和人民的赤子之心，搅拌着这分外晶莹的汗水，化成串串晴雷，驱动生产力跨上“一个中心、两个基本点”的巨龙，张开“两个文明”的翅膀，在“三个有利于”的苍穹中腾飞……瞧，老人高高卷起的裤脚，“三步”走出神州的三重天来！

老人微躬的脊背，把古今中外的千条江、万条河压缩到胸中，汇成实事求是的海洋。在这浩瀚的海洋中，有马克思“轻舟已过万重山”的伟岸的神韵，有毛主席“万里长江横渡”的勃发的英姿，有往昔贤者的“千帆竞发”，有当今智者的“百舸争流”……汪洋恣肆，奔涌出“和平与发展”的伟大的主题和“科学技术是第一生产力”的划时代的论断；沧海横流，撞击出“一个国家，两种制度”的构想和“科教兴国”的定思，规整着历史大潮的流向，把中华民族大一统的锦绣江山，推向无尽的福祉。

一个“包”字落地，古老的东方巨人，摆脱了饥饿的阴影。而当共产主义运动的低潮冲决被历史冷落的板块，老人驾驭着具有“中国特色”的社会主义航船，劈波斩浪、平稳地驰入市场经济的领域……

呵！

大贤承大任，“擎天不计功”；

“拼却老红一万点，换将新绿百千重。”

大山折服了——

挺起拔地青苍五千仞的脊梁，敞开日月相摩荡的心胸，甩动万壑千岩锁翠烟的舞袖，唱出兴云雨气磅礴的歌声，簇拥着老人攀上了擎天似腾的峰顶！

老人仗风敞怀，拄杖而立——

温厚如春天的泥土，质朴似穿山的石径。

老人微笑着，举目仰望。

遥挂中天的太阳，恰蒙上轻绸似的薄云，也藏不住地笑了……

峨眉天下秀。

一阵翠绿的清风，绕着老人鼓荡的衣襟，咏叹出天长地久的心声——

翻身不忘毛主席，

致富不忘邓小平！

（几年前在《邓小平同志在四川摄影展》看到老人登上峨眉的留影，那圆圆的笑脸，那温和的眼神，从我心头滚过无限的情热，并撰得此文。今整理付梓，借以表达难释的带泪的怀念！）

# 我们的翟政委

从色彩鲜艳的画面，看朵朵白云在蓝天的衬映下，从座座冰峰的腰间滑过，雀儿山多么俏丽，多么可爱，多么叫人心旷神怡；或者，坐上旅游车，看那山泉湖别致的倒影，看那盛开的如冰似玉的雪莲，看那从绝壁上垂下的枯藤般的根根粗大的绳索，又多么清雅，多么旷达，多么叫人诗兴大发！

然而，想到翟寿亭政委那浮肿苍白的面容，想到打通雀儿山的情景，就会有另一番滋味，涌上我们的心头。

1951年11月，我们一六二团和其他兄弟部队，扛着工具、枪炮，背着干粮、帐篷和其他生活用具，每人负重八十多斤，胸口像塞团棉花，胸闷气喘，心慌腿软，脑胀胃翻，走走停停，艰难地向雀儿山爬去。

二号是我们的政委，尽管负重轻些，还是现出了浮肿苍白的面容。担架抬他，他不答应；要他下去，他反倒火了："我是孬种？"

这"轻伤不下火线"的坚毅，一下子把我们带到了水天相接的浔阳江头。

在"百万雄师过大江"的伟大战役中，我们团千帆竞发于鄱阳湖畔。

"一山飞峙大江边"，仰望庐山，何其峻拔！

"浔阳江头夜送客"，俯视九江，恰似沿江伏卧的一柄长剑。

我们决定，先取"长剑"，后战庐山，并以迅雷之势包围了九江。

在我们选作突破口的城东门上挂出了白旗，但不是投降，而是他们的"总司令"王公霸要我们的"最高长官"去"谈判"。

尽管敌人已是瓮中之鳖，但敌人总归是敌人。谁知他们葫芦里到底装的什么药呢？

"不战而胜，总比战而胜之更好。"政委力排众议，要亲临虎穴，以昭军威。

大家约定以撑伞为联络暗号，随后政委带着警卫员田宝昌和参谋韩心风，迈着坚定的脚步，向“虎口”走去。然而，当他回过头来，亲切地微笑着要我们放心时，我们的心反而揪得更紧了……

翟寿亭同志，1919年出生在淄博县西高庄一个贫苦农民的家里。刚能跑动，就跟爷爷替地主放牛。在地主威逼下，爷爷落崖摔死，他过早地接过爷爷的鞭子。他放牛回来，背着柴火，每每驻足在学校的窗下看呀看呀，那乌黑、明亮、纯净的大眼睛，竟看得老师免费收他做了学生。当日本帝国主义的膏药旗污染中华大地的时候，他毅然投笔从戎，跑出两百多里，于1938年10月参加了八路军。从战士、班长、文化教员、指导员、教导员、敌工部长到我们的二号首长，他打了多少仗、流过多少血呵！莱芜战役、孟良崮战役、豫东战役……他英勇地冲在前头。弹片，一次又一次地插进他的血肉。而眼下，胜利前夕，他又无私无畏地把危险留给了自己。

啊，韩参谋的雨伞在骄阳下撑开了——“谈判”成功啦！

我们严阵以待的部队，唱着雄壮的歌曲，举行了庄严的入城式；庐山也由我们“接收”了。





然而，那短暂的“谈判”，也曾险情迭起。“王总司令”说他是“革命的”，受到政委的批驳，他们的手枪张开了机头，但在政委严厉的目光一扫之下，他们把子弹退出来了。“那就算起义？”经过政委义正词严的驳斥，晓以我军的政策和分析他们的前途，他们才终于放下武器，打开了城门。

二号不仅像庐山那样峻拔，还像二郎山那样丰富。

1950年6月，先遣部队已经进藏，昌都战役即将打响。经过紧张抢修勉强可以通车的二郎山公路，因山洪暴发，又瘫痪了。

为确保前方的供应，我们团像一把巨斧，从剿匪前线抽出来，于雾雨蒙蒙中劈向了二郎山。

可是，习惯于在枪林弹雨中拼杀的勇士们，一下子和泥巴、石头打起交道来，从组织上说，不过是一纸命令，但让他们从思想感情上转过弯来，却比“能上能下”“能官能民”还难！有的说：“与其默默地和泥巴、石头打交道，还不如在枪炮声中战死呢！”然而，我们团却掮起了“开路先锋”的旗帜。

为什么？

政委说，今天能够和泥巴、石头打交道，正是长年流血牺牲奋斗争来的！因此，应该而且必须把战场上的拼劲拿到劳动中来！

胜利之花，结出了幸福之果，真理焕发了我们新的无限的活力和激情，是二号把我们的思想转变过来了。

不论在“白天看太阳、晚上看月亮”的二郎神不闭的眼睛上；不论在云封雾锁、“穿贯斗牛”的二郎神的鼻尖上；不论在怪石嶙峋、古木参天、沟壑纵横、瀑流喧嚣、苍藤蔽日、荒草覆地、狗熊出没、猿猴成群的二郎神的胸肌上；不论在大雨不歇、烂泥没膝的二郎神腰间“溃疡”的部位上；或是当我们靠野菜填肚、勒紧裤带，背石头仍不少于一百多斤、两百多斤的时候；当晚上把唯一的一套军衣烤干，第二天一上工，雨水、泥水、汗水马上又把我们打扮成泥猴的时候；当我们抢修塌方，工具不足，抠得十指出血的时候；当我们烧木炭，打钢钎，没扁担自己做、没有筐子自己编的时候；当我们拉稀、感冒，靠喝点辣椒汤发汗的时候……我们总可以看到二号潇洒英俊的身影，看到他微笑的清瘦的面容，或踏着黎明，或顶着暮云，或裹着雾帷，或披着雨丝，一步一步地向我们走来，用他雄伟的胸襟和灼热的情怀，给我们以启迪，给我们以感染，给我们以温暖，给我们以力量。

“什么是‘先天下之忧而忧，后天下之乐而乐’？不就是‘吃苦在前，享受在后’吗？”兵随将转。有这样的好政委，我们能不充满活力吗？

共产党员能不“上工在前，下工在后；重活在前，轻活在后；把困难留给自己，把方便让给别人”吗？

非党同志能不“争取在施工中入党”吗？

不仅如此，而且我们从头开始，学文化，学技术。开各种各样的“诸葛亮会”，总结经验，提高技术，大胆创新。于是，大老粗成了“土专家”，工效十倍、几十倍地提高！

我们更不会忘记，在“人人当演员，班班出节目”的“兵演兵”中，二号下令也禁不住战士对他的赞颂：

在向大西南进军中，他的马驮的是病号，他的肩上扛的是病号的米袋；

川西剿匪，他谙熟刘伯承兵法，和姜延斌参谋长一起，以少胜多，取得了累累的战果；

他善于抓主要矛盾的主要方面，严于律己，宽以待人，迅速化解了工作中的冲突。

而他自己却说："我想上学，是不愿受穷；我读了'国破山河在，城春草木深'的诗句投向抗日，是怕当亡国奴。"可见，由一个自发的革命者成长为一个自觉的革命者，让全心全意为人民服务的思想在头脑中扎根，是多么不容易！

这些怎能不使他那微笑的清癯的面容，更完美、更崇高地在我们心中永驻呵！

我们政委是累死的！那时，他的心脏和肝脏都已病变，但当时作为空军总医院的政治委员，北京西郊五棵松地铁失火，他带领医院的勇士们去抢救，还像在弹雨中冲锋一样，还像在雀儿山抢险一样，一直跑在前头，把腿上的血管挣断了！

辞世之前，他念念不忘党和人民的养育之恩，愧恨自己贡献太小而清泪滚落。他留下的最珍贵的遗产，就是火化后骨灰中找出的几块弹片！

# 新四军老战士陈子植掠影

呵，那不是“松根当路龙筋瘦”，那是神清骨峻外在的美；那不是“老树春深更著花”，那是老战士精神内火的迸发！

“一腔热血勤珍重，洒去犹能化碧涛。”

虽已九十有三，依然一副“抱朴守真”“见贤思齐”的普通共产党人的心态。深知“好仁不学，其蔽也愚”，“贱尺璧，而重寸阴”，常常拿着放大镜在窗下苦读——含英咀华，俯仰古今；深知“俭，德之共也；侈，恶之大也”，“不为物移，不为己忧”——舒卷风云之气，吐纳珠玉之声！

这就是执鞭走风雷、向晚驾夕阳——1912年出生于河南省修武县朱营村，参加过“一二·九”运动，1939年入党，1957年授二级独立自由勋章和二级解放勋章，1988年授二级红星功勋荣誉章，1981年作为副兵团级干部离休的陈子植同志的晚年生活！

## 国难当头弃学从军

遥想七十多年前九一八事变，日寇铁蹄践踏我中华神圣国土，每读到“国破山河在，城春草木深”和“国破方知人种贱”的诗句，陈子植年轻的报国之心，总沉浸在悲怆的泪水里！1935年“一二·九”运动的风暴一起，他即从开封师范投入游行示威、卧轨请愿活动，反对国民党“攘外必先安内”的反动政策；1936年加入民族解放先锋队；西安事变后，他毅然弃学，于1937年2月奔赴山西太原参加党领导的“牺盟”及其主办的民运干部训练班。七七事变抗战爆发，他被派往山西陵川县和豫北开展“牺盟”和学运工作，历任陵川县游击支队第一大队长，八路军晋东南独立游击支队副营长、第四大队副队长，陵（川）壶（关）平（顺）三县武装指挥部指挥长，冀鲁豫军区二纵队新三旅作战股长，教七旅司令部参谋处长，冀鲁豫五分区参谋长。

### 浴血拼杀，坚持水东

水东地区——睢杞太，是彭雪枫、吴芝圃同志留下的一块根据地，在黄泛区东侧。战略地位极端重要，历来为兵家必争之地。

这里不仅有日军的板垣师团驻商丘的小池骑兵联队，而且有国民党正规兵团摇身一变的张岚峰伪救国军，还有和日伪勾搭又联结土匪、地主武装的国民党顽军。他们共同的目的就是反共，把新四军的根据地连根拔掉。他们占据着县城和重要村镇。仅睢杞太中心区，就面对百余敌伪顽据点。而水东的人民武装力量，不及敌人的十分之一，极端困难时，活动村庄缩小到二百七十九个，核心区缩小到只有几个村庄。

陈子植是1942年末从冀鲁豫五分区调到新四军水东独立团任参谋长的。同时派去的还有地委书记兼团政委唐克威和副政委韩明等同志。他们一行，夜行八十里，跨越陇海铁路，穿行于敌堡之间，于1943年1月11日在杞南谷熟岗村和水东地委、团委会合。唐克威同志传达了上级党委和军区的指示。但在情况尚不熟悉和会议还未结束时，柘城日寇即乘二十多辆汽车“扫荡”过来。他们匆忙分成三个梯队分别行动。28日，发生了常营村战斗。由于日寇车快兵多，穿插包围，经过激烈战斗，部队突围；而唐克威同志体温尚未焐热新的土地，即血沃中原而壮烈牺牲！

接着是大春荒。根据地纵横百里之区，不闻鸡鸣犬吠之声。部队常驻的潮坡村人，一村百多户人家，饿死八十二户。机关部队，以米糠、树叶、棉籽充饥。无奈中，几匹驮行李的马也献躯代食了。为度过饥荒，新派来的地委书记兼团政委李中一同志，组织动员向敌占区地主豪绅筹粮。每到一处，李中一同志都亲自向群众宣讲。筹来的粮食，除部队食用少量和照顾部队家属外，支锅熬粥，赈济离开村子的群众。当饥饿待毙的群众喝到活命的粥时，无不热泪滚滚地感谢党和部队；军民相依为命，谱下共度春荒的一曲浩歌！

而日伪顽，为置我于死地，见麦子长势喜人，便密谋“抢收”。

为保住活命粮，我军民浴血保麦收，写下光辉的史章。

日军的骑兵大队出动了；伪军张岚峰部跟上来了；龟缩在河套里不抗日的国民党顽固军也“出水”了。而我方力量有限，只有以连排为单位和群众紧密结合，待敌人临近时，出其不意地以刺刀见红的精神杀退敌人。在敌人稍有收敛时，我中心区军民抓紧快收快藏，迅速地净场。

1942年是水东斗争最艰苦的阶段。日伪顽有三万多人，借助占有城镇和交通便捷的优势，对我核心区包围、蚕食，而我们只有独立团等约一千人，形势严峻时，我们能够与敌人周旋的村庄已剩下不多。

“富贵不能淫，威武不能屈，贫贱不能移” ，乃战士之本色；“先天下之忧而忧，后天下之乐而乐”，乃战士之胸襟；“泰山崩于前而色不变，麋鹿兴于左而目不瞬”，乃战士之胆魄；“登山则情满于山，观海则意溢于海”，乃战士之情怀。

在艰苦的如火如荼的岁月里，已任水东地区（六分区）副司令员的陈子植，在心底最爱念叨的就是张爱萍在延安抗大讲过的这几句话；不仅以其鼓舞和教育部属，更“苦其心志，劳其筋骨，饿其体肤”，模范地带头实践之。攻城时和战士一样地爬云梯；为摸清敌人的兵力布置、地形、工事结构等，亲自带领团营连干部，匍匐前进到敌据点外墙的边沿；多次穿过敌堡群、跨越陇海战，先后去迎接余克勤、袁振率领的南下大队，王定烈、李仕才率领的二十八团，汪家道、金绍山率领的二十九团；压住敌焰，壮大力量，开辟了新区。

当地群众高兴地唱道：

正月里来是新春，活捉汉奸张普恩；
摩托汽车得一辆，大家伙儿喜洋洋。
二月里来出了九，傅集老日下了楼；
宋吉屯前打一仗，活捉鬼子小队长。
三月里来是清明，顽固分子张贵荣；
竹子岗上杀一阵，把他赶到石山村。
四月里来麦梢黄，痛打傅集小黄狼；
消灭日军一小队，夺了一挺轻机枪。
五月里来是端阳，日本鬼子来抢粮；
打得鬼子回头窜，鬼子丢人又丢枪。
六月里来六月六，汉奸李五下了楼；

被我消灭两个连，李五回去发了愁。
七月里来七月七，南下大队到这里；
下马打个漂亮仗，阳城汉奸消灭光。
八月里来大雨急，我军开辟淮太西；
赶走鬼子和汉奸，黎民百姓见青天。
九月里来秋风凉，活捉太康伪县长；
伪县长呀怪模样，又粗又大肥又胖。
十月里来满地光，我军生产练兵忙；
首长马夫齐动手，拿起锄头来开荒。
十一月来入了九，陈留痛打宋疯狗；
伏击活捉一个排，机枪小炮一起收。
十二月来整一年，草寺汉奸一窝端；
里应外合打得好，孟光华气得哭几天。
水东大事说一遍，艰难显出英雄汉；
随着形势大发展，最后胜利属于咱！



## 血战淮海进军西藏

1946年12月底迎来了豫皖苏军区的成立。水东由原来六分区，改为豫皖苏军区一分区，水东独立团上升为豫皖苏军区独立旅三十团；陈子植也由六分区副司令员调任为独立旅副旅长兼参谋长。在张国华司令员和吴芝圃政委率领下，连克亳州、涡阳、蒙城数城，挺过解放战争初期艰苦的阶段，为刘邓大军跃进大别山和淮海战役的胜利，打下了牢固的基础，而独立旅也在淮海战役中参与了消灭黄维、李弥和李延年兵团的战斗。

1949年陈子植作为十八军随营学校的校长，随刘邓首长接收南京时，亲自率领学员进入蒋介石总统府升起了血染的红旗。随后，他作为五兵团的作战处长被任命为向大西南进军的先遣队副司令员；而归随十八军后，又成了十八军进军西藏先遣支队的司令员，继而作为五十二师的副师长，参与指挥了享誉史册的昌都战役。被任命为日喀则警备区司令员（对外称指挥长）时，为把党的阳光和温暖带给苦难的藏族同胞，他的足迹踏遍了喜马拉雅山麓和羊措湖畔。1955年任西藏军区（大军区）副参谋长，授大校军衔。

## 年逾九旬，自强不息

令人崇敬和惊奇的是，年逾九旬的陈老，仍以隽秀的笔触，翔实地写出了水东地区光辉的斗争史篇；以清晰的笔迹记下了从1941年直至1950年昌都战役，历次参与和指挥的战役、战斗，每篇都有敌情、我情、战斗部署、战斗经过，敌我伤亡、缴获数字和经验总结，并配有图解，为军事博物馆提供了可供展览和教育后人的第一手的原始史料！

挺骨愿做长征马，俯首甘为孺子牛；

英雄浩气涤千古，战士热血暖神州！

这就是忠于党、忠于人民，历尽坎坷，宠辱不惊，豁然达观，褒贬坦荡，严于律己，宽以待人，勤勤恳恳，平易近人，“自强不息，厚德载物”，“拼却老红一万点，换将新绿百千重”的陈老的缩影！

# 万人丛中一握手，使我衣袖三年香

是千年更迭，使时间的齿印分外清晰；

还是百岁交替，让岁月的光华分外迷人？

不然，为什么动人的喜事，就在2000年 2 月25日，被妩媚的朝阳托出？

锦城二月的风，氤氲着浓浓淡淡的酒香；又掖着丝丝缕缕轻寒的凉意。

两岸翠茵相呼的府南河，绽出“含春笑日花心艳”的合江亭，这里，天天聚集着众多晨练、观赏和休闲的人们。

然而今天，像是“千红万紫安排著，只待新雷第一声”似的，聚集的人们，蓦地眼睛闪亮、笑口大开、欢声四起……

原来，来川调研和动员“三讲”的胡锦涛副主席和省市领导同志，也踏着金灿灿的晨光——群访来了！

“老同志，您收入多少？”

“和老伴合起来，每月有一千多元。”

“您是哪个单位的？在哪儿工作？”

“我原来是十八军的。在西藏修筑康藏公路！”

不料此话一出，就令人想起了开辟康藏公路伟烈的画面：十万筑路大军，在“生命禁区”，爬冰卧雪，“早起晚下工，热血挡冷风”，钢钎磨成“锤子”，铁锹磨成“镰刀”，叫高山低头、河水让路；三千英烈化为永恒的山脉，载着模范共产党员张福林、千锤英雄杨海银、渡江英雄李文炎、探险英雄崔锡明……这些灿若星辰的名字，用青春、热血和生命，架起了彩虹般通往幸福的“金桥”……而念及这些，就像从上世纪50年代那火红的岁月又一步跨进了今天西部大开发的前沿……

胡锦涛同志紧趋一步，双手握住“老西藏”的手，动情地说：

"我也在西藏工作过。您是先行者、老前辈！"

——心灵的沟通、交汇，奔涌出理解、自豪和幸福的巨大的暖流，激动得"老西藏"灿笑出闪亮的泪花！

——不知是西藏情深，还是西部大开发的滚滚春雷呼唤出人们灼灼的激情。跟着，"老西藏"的手，不但被省市领导一个接一个地紧紧地握过；而且，这动情的千金一刻，均被蝶飞蜂舞般摄像、摄影的记者，抢着收入了永恒！

而太阳，也像是会聚焦似的，在这美景之中，不但照出了"老西藏"——原十八军五十四师一六二团参谋长刘锡恩和吴明英夫妇——长年在雪域之国锻打出的高原战士特有的神韵；而且照亮了他们对西藏深深眷恋的真情……

呵，"万人丛中一握手，使我衣袖三年香"！

这"香"——是再也拂不去的，是党和国家领导同志对建设西藏的先驱者无比温馨的关爱……

# 激情似海

# 祖母绿

藏族姑娘曲姆说起这凝结着喜泪和忧歌的祖母绿，就像又听到那历史撞击的音响——

雄奇的高原之子——西藏，在伟大祖国急奔“小康”的情怀里，“三江两河”开发了；羊措湖大电站，要以她璀璨的明珠，把世界屋脊打扮得更辉煌、更迷人了。

然而，在那黑暗、残酷、野蛮的农奴制度的长夜中，我奶奶的年华和美貌正像盛开的格桑花迎风招展的时候，却被寺庙捉去“赶鬼”了。生命和青春的尊严，带回的是血淋淋地留在额上的一轮弯月。

奶奶不但像格桑花一样美丽，还像大青岩一样刚烈！羞愤驱使她扑向山岩，她要和苍穹化为一体了。

然而，当她带着农奴的悲愤和绝望，用血泪模糊的头颅向山岩撞击时，山神却睁开慈眉善目的眼睛，启迪了她对生与美的向往！

奶奶并不知道留住她的就是“祖母绿”，而只把它当作山神的爱心，深深地、深深地珍藏着……

是“神兵下凡界，风扫乌云开”，奶奶才过上了人的生活。

黎明的美，启明星最知晓。

挨过冻的人，深知太阳的可贵。

奶奶的红太阳，就是恩人毛主席！

红太阳照到银光闪闪的雪山，群山捧起洁白的哈达，飘飘起舞了；红太阳照到鲜花盛开的草原，大地幸福地陶醉了。飞机披着蓝天白云，像美丽的喜庆鸟，在尽情地欢唱……

金黄的青稞穗垂下羞涩的脸庞，是因为丰收的喜悦；奶奶闪着幸福的泪花说：“我见到毛主席了！”——这是为什么呢？

毛主席不是在天安门睡着了吗？可奶奶却说，不信，你听——毛主席正说话呢：知识是生活的灯塔；宇宙的明灯是红日，人类的明灯是知识；油灯只能照亮毡房，知识却能照亮世界；不吸收知识之光，心灵就会被黑暗笼罩；知识是人们心灵的甘露，失去甘露人心就会像冬草枯萎；知识是一匹无缰的骏马，谁能驾驭它，它就属于谁；只有游进知识的海洋，才能掀起智慧的波涛；不求知识的少年，就像没有翅膀的鹰……

听着奶奶如清澈小溪潺潺流淌的话语，我扑进奶奶怀里，泪水打湿的热吻，溶进奶奶额上那一轮苍茫的弯月！——我恍然大悟，是因为我要去北京学习，奶奶在幸福地陶醉中梦见毛主席了。

我知道学问之路苦，学问之果甜。天才在于勤奋，知识在于积累。最明亮的是阳光，最宝贵的是时光。你给时间开玩笑，时间却对你很认真。只有在攀登路上不畏艰险的人们，才有希望达到光辉的顶点！

我紧紧搂住奶奶，仰起脸儿，用串串泪珠表述：“亲爱的奶奶！我牢牢记住了您天高地厚的教诲之情。”奶奶捧着我的脸儿，滚下晶莹的清泪。然而奶奶像清澈小溪般的话语，还在潺潺地流淌——

只有心中充满知识的灵光，才能自由翱翔在苍穹的怀抱……

当奶奶拿出深深珍藏的“山神的爱心”——那似青山隐隐、绿水悠悠、垂柳依依，像春天一样美丽和温暖，使满屋顿时生辉的“祖母绿”，让我带到北京献给伟大的祖国时，我凝望着那温润、和善、翠绿、清澈的灵光，我不禁在心底惊呼：“这凝练着真善美的祖母绿，不就是我亲爱的、从苦难中走出来的奶奶吗！”

曲姆讲完了。那如清澈小溪潺潺流淌的音响，已弥漫浸润在笔者的心头；而那深情的泪潮，却还滞留在她美丽的秀目中，迟迟地不愿退去……

# 叩苍穹

皑皑雪山撑起座座冰峰，要把无垠的蓝天高高地擎住；泱泱大海敞开广阔的心胸，要把辽阔的蓝天深情地拥抱；茫茫草原漾起绿色的涟漪，要向深邃的蓝天脉脉地倾诉……崇高的蓝天，揽过几缕白云，让清风宣告："天行健，君子以自强不息！"并按照这个主旨，推出英雄的一幕——

一声雷鸣，乌云扯起黑暗的旗帜，挟风雨、驱雷电，浩浩如千群铁马，滚滚如万顷波涛，冲杀着向太阳的城堡扑来。太阳射出弯曲的利箭，把强敌穿透、撕裂，撞击出天崩地裂的炸响——吓得大海忧伤，群山惶惑，草原呼号……而蓄势待发的鹰，星目凝锐地对它们说："仁者不忧，智者不惑，勇者不惧。"随后舒展羽翼，腾空而起，渐高渐远，像铁矢，向风云际会的中心射去。时而奋力穿梭，时而挥翅拍击。那蔑视险恶的磅礴气度，充塞于苍茫天地之间；那视磨砺为享受的博大情怀，凌驾于寰宇的大潮之上。它翼剪雷电，钳住暴风雨的咽喉；呼吸着宇宙的元气，抗击地心的引力——铁翅发出颤动的哨声，那是叩响苍穹的咆哮——穿透乌云的脊背，翻入太阳的怀抱……

——乌云消退了，碧空万里如洗。

遥望深邃的历史莽原，它引得代代天骄无限倾慕；返回现实，江山如画，万物峥嵘，那再创辉煌的渴望，又炽烈地燃烧起来。它一声长鸣，向着新的追求飞去。它为什么不甘休闲？随着遨游的雄浑轨迹，在湛蓝的天幕上，镌刻出醒目的诗行——

自信人生二百年，会当水击三千里。

# 诉衷情

带着吞噬长夜的艰辛，把淌着情和爱的光和热，以哲人的品格，朗笑着洒向黎明，托起湿漉漉的朝日，迎着满天红霞，走向辉煌，走向永恒，这就是启明星的情怀和追求！

涓涓细流从宇宙的洪荒中走来，衔雪山之灵，跨草地之威，越峻岭险谷于飞湍之下，夺千堵万截于潇洒之中，然后，在长江母怀的爱抚中，欢闹着穿过神州大地。现在，来到长江口上，见云天浩渺，汪洋恣肆，听大海欢腾的心歌，念大道之无穷，不禁心花怒放，笑逐颜开，欢天喜地地向前奔去……

金秋丽日，衬着蓝天白云，那浓妆淡抹挂满枝头的果实，不说严冬与盛夏的苦斗与拼争，也不说脉脉的春情，只知流光溢彩，献出成熟的温馨和芬芳，把艳阳染香、染醉、染红！

岁月飞逝，有多少贤哲孜孜以求而不知老之将至啊。马克思思维的风帆，在阅读中缓缓降落。毛主席心脏的航船，停驶在世界和人民大事的港湾……

他们的后继者，有的走出权力的王国，有的卸下将军的甲胄，有的回眸挥汗如雨的岗位，有的眷恋征驰四方的骏马，有的挥毫追日月，有的泼墨洒天涯，有的在晨露中舒展心翅，有的在夕阳下垂钓遐思……

啊！那不是匆忙的身影，那是启明星追求的情怀；

那不是殷勤的情思，那是长江口怒放的心花；

那不是竭诚的奉献，那是熊熊燃烧的秋实的风华！

# 国破方知人种贱

在桃李灿烂的季节，我有幸和一批文友走进一家寻常的农家小院。新修的平坦如镜的公路，以现代的英姿，从小院的不远处载着奔驰的车流蜿蜒而去；清澈的小河，轻吟着涤肠荡气的涟漪之歌，带着两岸老人和孩子们的欢乐，从小院的身旁潇洒地流过。小院的女主人，为让客人们大快朵颐，请来她的妹妹帮助操持；快言快语的男主人，热诚地跑来跑去，为客人们添茶续水，相互叙谈。

年满花甲仍不见老相的男主人，原来，就是脊背流着墨汗、下“嫁”农女的工人老大哥万师傅。





这位像泥土一样寻常的万师傅，不但“心到静处人自雅”，“人到无欲品自高”，还曾以微笑面对困苦、以自信战胜艰难的不卷刃的精神，苦斗二十年，写出了关于南唐李后主——李煜之死的巨著，印证了我们的总理温家宝在记者招待会上所说的“一个人，一个民族，一个国家，只要不畏艰险，勇于攀登，一定能达到光辉的顶点”的话语。而我们民族优秀的生生不息的熊熊燃烧的火焰，不正是由这样一个又一个实例点燃的吗？

稍后，朴实的“泥土”带领我们沐浴着艳阳染出的绚丽，去观赏喷红吐艳的桃花和清丽素雅、脉脉含情的李花，以及条埂式的大块大块的葡萄园，分享着农村走向小康的温馨。在幸福沉醉的嬉笑里，文友中的女士们，纷纷手持鲜花在桃李下留影。而就在这时，广播里骤然响起B-52轰炸机的轰鸣声、妇女儿童揪心的呼救声和伊拉克人民“血是祖国的血！生命是祖国的生命！”“誓死保卫祖国！”的吼声……沉浸在和平阳光下的我和文友们，顿时失去了平静，不由慨叹道“国破方知人种贱！”——革命女杰秋瑾这句话道出了多么深刻的真理啊！我们真切感受到，自强不息把祖国建设成为谁也不敢小视的强国，是多么重要啊！此刻我们沐浴着改革开放的春风，“天得一以清，地得一以宁，谷得一以盈，万物得一以生”……是多么幸福啊！

# 失而复得的本子

从杨华和顾素清手中接过丢失的本子，我禁不住老泪纵横。老伴说：“看，又犯病了！”我说：“不是！是感激之情……”

要说这件事，还得追溯到那次讨论会。

7月中旬，四川省散文学会部分文友在四川大学药学院药事管理培训中心讨论《印苑》的几篇散文，虔诚的我半夜起来查资料做准备。因为高手云集，我这个有自知之明的小学生不敢把本子上的“倾听心中的灵异，照她的吩咐去做”，“谛听，要以一颗领会的心灵感悟万物说话”，某作家的“好作品是什么？就是一大堆赋予了深刻思想的有序的漂亮话。这漂亮话未必是华丽的，也未必是朴素的，却一定是得体的，适度的”和“散文是凭知解力表述真理；诗是用形象显现真理”以及“句要丰腴字要安”等念出来，就把它带回家。晚上却发现这本子不见了！

原来在部队当兵时我就喜欢弄文字。为了它，我在“文化大革命”中饱尝了八年半的牢狱生活，出狱后仍然“恶习”不改，甚至想买部电脑，把这些“碎语”打印出来。而这几年积蓄的心血竟忽地不见了，多方询问文友老师，也都说没有见着。像灵魂出了窍，急得我“大跃进”年代“跃”出的羊痛风一夜犯了三次！老伴陪着我顶着骄阳到处去找，找遍了可能遗失的地方，甚至垃圾袋。正绝望地准备“撤退”时，杨华等人匆匆从楼上跑来说：“看，这个是不是？”我接过一看，果然是。拿出一百元钱致谢，可她们都不收，还说这是她们的“本分”！领班余晓华小姐更向我表示歉意，说我开始去找时她们把“本子”听成了“杯子”……

我说什么好呢！

# 孔论新注

青年：什么是“十五而志于学，三十而立，四十而不惑，五十而知天命，六十而耳顺，七十而从心所欲，不逾矩”？

老者：这是中华文明史上的一段佳话。细读之，可知对人生价值和社会至理求索的不易。跋涉了十五个春秋，才穿过弥漫的雾障，看到向往的光点——可见，心灵的晨星，升起得何其羞涩，又何其艰难。继而，栉风、沐雨、拼搏、奋斗。没有东张西望，没有出尔反尔，没有“跟着感觉走”，也没有受“乱花渐欲迷人眼，浅草才能没马蹄”的诱惑和困惑，而“癫狂柳絮随风舞，轻薄桃花逐水流”。

蓦然回首，仍跋涉在坎坷的路径上，“四十而不惑”！

实践、认识、再实践、再认识，刻苦地丰富、充实、发展、提高、求证、比实、分析、综合……年过半百，才终于窥见规律的身影！——可见，哲理美人，是何其“薄情”，又何其甘于“深闺”的寂寞！

又挥汗如雨，苦耕十个寒暑，年满花甲了，方悟出透过纷繁的现象，去把握事物的本质，而明白问题之所在！

随后，尽管老当益壮，也还是到了古稀之年，才走进自己哲理规范的伊甸园，信马由缰，没有迷路，也没有颠下来……然而悲怆的是，当硕果满枝的时候，却要羽化而登仙了！

青年：这样说，人生的练达还是挺难的呀！

老者：是了！这就叫“苟日新，日日新，又日新”。对客观事物的认识是没有穷尽的。君不见，“实事求是”这句口头禅，多少代伟人，苦斗一生，也未能“从心所欲，不逾矩”吗？

青年：那“修身、齐家、治国、平天下”呢？

老者：呵，下回分解吧！

# 红景天

倔强虬逸的身姿，淡雅无华的果实，仿佛从红润的梦中苏醒，幻化出诱人的微笑，展示纯洁、善良和与世无争的风骨。靠单细胞的张力，在雪线以上与雪莲为伍。不畏风打、冰冻、雪埋，一年四季高昂着微红的笑脸，仰望明净的蓝天和翱翔的鹰鹫。它的枝条被砍下整齐地码在布达拉宫红墙的上端，黝黑的肤色，在阳光的笑靥中，衬托出高原特有的神圣和庄严。它的茎块，泡而服之，可倍添生命的活力，让青春长驻——这，就是红景天！

细嚼着这非凡的品格，顿感和文友老心有些相似：从苦难的烈士家庭中成长，刻苦进取由工人成为工程师。在那反常的日子，又被视为“丑类”，把青春活力爆发滚下的赤诚汗水，凝重地撒在被押着拉板车的路径上。当祖国又一个春天来临，年龄的刀俎把他从工作岗位上“切”了下来。然而，不竭的激情，燃烧在病魔缠绕的躯体，倾注于不倦的笔头，五百多篇作品在报刊上面世。眼下，尽管双亲卧床，生活拮据，仍以生产无愧于祖国和时代的产品而自励！

啊，为什么有人历经磨难，仍挺拔着脊梁；有人饱受酷寒的摧残，依然用纯净心灵为人间的正义和善良奔走呼吁？

红景天呀红景天，你不是雪线上普通的物种，你只求付出，不求索取，你是强者和仁者的缩影！

# 海　南（二则）

## 海　塑

大海，以浪淘千古的气魄和耐心，挥动伟岸的巨手，喘息着，把千奇百怪的庞然大物雕塑成剔透玲珑、小巧怪异的“掌上明珠”，微笑着推向岸边，蒙上洁白细腻的“纱巾”，给人类以纯净的美的享受……

凝聚着亿万年的心血和辛劳，却一无所求！

啊，那是喷薄的日出，还是洪荒刮起的风暴？是羿射九日的弯弓，还是盘古开天辟地的巨斧？是雷电轰鸣的大笑，还是华夏降生的山呼？恍若九龙盘结的雕塑，浓缩着雄视和顿悟，昂首云天，挥洒着遨游太空的神武！

大海，不但雕塑出这些“掌上明珠”，还借助宇宙演化的灵异，雕塑出“天涯”“海角”的母体——迷人的繁花似锦的海南；借助人文荟萃的史潮和九州四野八荒迸发的活力，雕塑出宋庆龄、红色娘子军等中华民族永恒的亮星！

而“亮星”们，也像大海一样，秉承着一无所求的天赋，用青春、热血和生命，汹涌澎湃地雕塑出我们四季繁花的祖国！

啊，海塑，多么伟大崇高的情怀！

## 琼崖絮语

海韵，油画般的质感，汪着苍翠碧绿的静谧；椰风，吻着洁如雪山胸脯的白云，吻成薄薄散乱的帆影。绿叶藏娇的秀峰，醉饮纷繁花果的芬芳，洋溢着盛筵蜜酒般的香艳；英雄的五指山，伫立静听大海沉雄壮阔的呼吸，品读日月相吞吐的缄默！

呵，那不是日月相吞吐的缄默，是烈士倒在血泊中无声的呐喊；不是纷繁花果的芬芳，是烈士祈盼长存的笑意！……英雄的五指山伫立静听大海沉雄壮阔的呼吸，多像伴着庄严的国歌："前进！前进！前进！"守护国门的卫士！

椰风吻着洁如雪山胸脯的白云，吻着薄薄散乱的帆影，不忘以秋的凌厉述说海瑞"三生不改冰霜操，万死常存社稷心"悲壮的廉洁；也不忘以寒意料峭的古色，张扬苏东坡等贤人良士"九死蛮荒吾不悔"的豪放！

而海韵，油画般的质感汪着苍翠碧绿的静谧，多像"寿比南山"、勤劳俭朴的百岁群体，为国家、为社会、为哲人，默默诠释着杜甫"细推物理须行乐，何为浮名绊此身"的活的至理！……

（"寿比南山不老松"的"南山"和其近千年的"不老松"都在海南，那里的百岁老人居全国之首。）

# 依依玉门柳

在百万雄师过大江的炮火声中相别，转眼已四十多年了！

敬爱的老首长，试想，咱们品着清香的“玉门璞玉”，彻夜畅谈那“血沃中原肥劲草，寒凝大地发春华”的艰难岁月，在敌强我弱的战争年代，一起钻草窝，一起啃榆树皮；如果几天不见，上去就是一拳“乖乖！你还活着！”不知东方欲晓，让长年追思的心愿之花尽情地开放，该是何等难得！



瞧，您还要三天才来，我已等得心焦！

一个道林纸的黄黄的小本子，吸引住了我的视线。我翻开，吹去历史的尘埃，赫然看到你的题字：

> 血——
> 红色的闪电！
> 剪断黑暗的脐带，托出壮丽的日出……

瞧，还有着你的“英姿”呢。

小小的个头，大大的眼睛，脸上笑眯眯的……他就是我们的宣传科长！

成立豫皖苏军区，在张国华、吴芝圃动员收复失地的大会上，他振臂一呼，使得大家热血沸腾、热泪盈眶！

他珍藏的心爱之物，是彭雪枫师长在战事倥偬的油灯下写给他的一封长信。那革命的哲理、谆谆教诲，他不但早已将其化入青春的生命之中，还时不时喜不自胜地展示出来，教育我们。

啊！

是他，启迪了我的人生之路。

他给我的是兄长般的抚爱，是火热的挚友般的亲情。

刘邓大军跃进大别山，我们分区的小报改名为《反攻报》。他边收新闻，边刻蜡纸。天亮了，他的报纸也印出来了，有捷报，他在行军途中就能印出号外来。

群众端着碗出来吃饭的时候，是他“演讲”的时候。通俗的语言，生动的比喻，火样的激情，明白如日月经天的道理，使越聚越多的群众，时而仰天长啸，时而壮怀激烈，时而泪眼模糊，时而挥拳怒吼……

轰！一声炸碎心灵的巨响，几乎把我给击倒了——

他，怎么会成为“右派”呢？

他，是“癫狂柳絮随风舞，轻薄桃花逐水流”的人吗？

他十三岁参加革命，在彭雪枫身边成长。他是彭雪枫心爱的小兵、心爱的小记者。

他是在血与火中“涅槃”、飞升的呀！

建国之初，为驾驶当时我国唯一的油田之舟，他是作为党的优秀力量调到玉门去的呀！

嘟嘟！嘟嘟！嘟嘟嘟！

门开了，“瑰宝”出现在我的面前——

忙着赶火车连名字也未甩下的陌生人告诉我：您退下来，不仅佳作连篇，还把所在的党支部搞得虎虎生风。您又要赶个急活，您不能成行，就托出差顺便路过的他，如此如此……

“如此”喜从天降，催我打开素雅的包装——

天啊！

哪有什么“玉门璞玉”？

不过是根柳根疙瘩！

当我从惊呆中回过味来，慢慢地端详，这才看到——

呵，我看到了依依玉门柳，看到了历史合力攒出的石油城，看到了您老当益壮、不坠青云之志的身影。黄河落天走东海，万里写入胸怀间——

我深深地领悟了您新的启迪、新的炽热的真情……

# 元旦会“三苏”

当21世纪第一缕阳光带着跳出大海的轰鸣，在我胸中奔响时，我一阵激动，把架子上的东西碰落：摔开斑斑驳驳，无力自合的小本子，亮出“1950年元旦会‘三苏’”的字样……

从西北退下来的王牌——胡宗南部队，加上川康的地方部队，有六十多万。认为解放军无力西顾，使亲临坐镇的蒋介石心中一阵窃喜。

解放军怕吓跑敌人，以解放西安后的十八兵团按兵不动；刘、邓率领二野从湖北、湖南、贵州，成斜扇形插向云南。态势定位，南下、北上大军，烽烟滚滚向“盆底”卷来。我们十八军警卫二营到夹江，每人增发两发炮弹，以每小时二十华里的速度唱着、喊着、跑着、喘着向前奔驰。

但在风驰电掣中，一道命令传了过来：停止前进——敌人投降了！……这时大家才留意，落脚的位置是丁字形的眉山县城。此时正是，1950年元旦。

战争中，解放军一般都提前过年。然后，趁敌人在灯红酒绿中把他们干掉。而这个元旦，我们却捧着解放大西南的胜利会“三苏”了。本来，毛主席早就说过，没有文化的军队是愚蠢的军队，是不能战胜敌人的，所以，凡遇文化古迹，只要可能，都要让干部战士去参观、接受教育。

然而，当我们走进坐北朝南、有着三尊塑像的“三苏祠”的小院，却意外发现，我们军的大秀才、军政治部主任郭影秋同志，早在那儿恭候了。

郭主任是中原早期的革命者，经过许多的劫难，在中国人民大学校长、党委书记的岗位上辞世。

文质彬彬，戴着墨边眼镜，英俊潇洒的郭主任，简述了“三苏”——苏洵、苏轼、苏辙的情况，联系当时形势，以苏轼“古之立大事者，不惟有超世之才，亦必有坚忍不拔之志”的名言，勉励战士为建设新中国而树立大志。

说到胜利后，享乐思想和私欲可能膨胀，郭主任又以“三苏”同代人范仲淹的“先天下之忧而忧，后天下之乐而乐”，和苏轼的“天地之间，物各有主。苟非吾之所有，虽一毫而莫取”，及“贪如火，不遏则燎原；欲如水，不遏则滔天”，“欲不除，如蛾扑火，焚身乃止”来教诲大家。并说前人有一首“欲难满”的顺口溜，并意味深长地念了起来：

终日奔波只为饥，方才一饱便思衣。
衣食两般皆俱足，又想娇容美貌妻。
娶得美妻生下子，恨无田地少根基。
买到田园多广阔，出入无船少马骑。
前头扣了骡和马，叹无官职被人欺。
县丞主薄还嫌小，又要朝中挂紫衣。
做了皇帝求仙术，更想登天跨鹤飞。
若要世人心里足，除非南柯一梦西。
……

合上我那历经沧桑、不以遗记为怀的小本子，刚要闭目沉思，多彩的阳光射到室内的吊兰上，那吊兰，竟幻化成龙形，向着新千年和新世纪走来。

# 艳若朝霞

像傍晚的太阳，带着宽厚的微笑，带着仁慈的抚爱，带着成熟的温馨，把淡淡的金焰铺向大地，仿佛宇宙熔炉倾泻的浅浅的钢水，那样圣洁，那样迷人。

一位老者，岁月的碾石把他推向七十七岁的高龄。

1938年，华夏赤子的热血，把一个青年学子送入党的熔炉。

当红日从东方升起，他饱享过祖国和人民的欢乐。但赤诚也有遭灾时，他纯洁的红心，在“左”的偏颇中被抛入冤假的“黑洞”，直到青春的风华耗尽，才在党的新辉中重见天日。啊，岁月流逝了；啊，多少同辈者成了共和国的栋梁之材。然而，他没有顾影自怜，他没有被满头霜雪压倒，他胸中也没有任何的悔怨之气。因为，他追求的是革命的胜利，是祖国的富强，是人民的幸福；因为，他洞悉历史的脚步，走得再快、再稳，也不能突破其自身的局限。所以，他不但笑纳历史的赐予，且用共产党人的品格支撑着历史的骨架。

人生真谛贵奉献，缕缕霞光出晚晴：

——他宣传和歌颂党的二百多篇文章见报了，纵然年近八旬，依然孜孜以求，笔耕不辍。

——作为武侯区老干部局离休干部的党支部书记，他组织学习，宣读文件，不仅届时必到，而且声音嘶哑了，那竭诚的火焰，也在熊熊地燃烧。

——他的收入并不丰裕，可是，为了“希望工程”，他慷慨解囊，包下了一名山区儿童的学费。

——他那不屈的苍劲凝重的书法，恰似他人生的剪影。

呵，像傍晚的太阳，铺洒着白金似的纯净，舒展着橘红色的暖意，燃烧着血色的庄严……这就是我们的颜老——颜瑞生同志！

# 霜重色愈浓

## ——在蓉新四军老战士为精神文明建设集会片断

在柔美的秋阳中，锦城捧出金秋的丰腴，笑靥迎人。但那耀眼的丹霞，不是“霜重色愈浓”的红叶，是烧红过华夏时空、“霜重色愈浓”的新四军老战士。

像当年“平津危急！华北危急！中华民族危急！”时奔向刺刀见红的抗日战场一样，党中央一声加强社会主义精神文明建设的号令，他们又闻风而动，在新四军史料征集研究会的安排下，四百多人，从蓉城的四面八方，踏着《新四军军歌》的节拍在红光电子管厂的红光楼上相聚了。

虽然岁月征尘淹没了他们的满头青丝，但皓皓白发捧出的被战火烧透的颗颗红心和带动过历史风雷的脚步，依然澎湃着时代的激情。他们深信，当年的苏区、解放区，物质条件那样匮乏，理想和信念之花也同样结出过朝阳般的硕果，今天，我们的伟大祖国，社会主义物质文明建设已雄傲地立于不败之地，那么，社会主义的精神文明之花怎会不勃然怒放呢！尽管其“重要性、紧迫性、长期性、复杂性、艰巨性”交汇成险峻的波涛，但只要加固“两手都要抓，两手都要硬”的堤坝，它就会规整地释放出巨大的能量。他们深悉，光荣革命传统，是我们前进道路上的不灭的火炬，是一代又一代后来者的人生坐标和力量的源泉，他们要言传身教，让它炽烈地燃烧……

“拼却老红一万点，换将新绿百千重。”

当四川省新四军史料集研究会名誉会长王东保（原成都军区副司令员）、会长刘平（省政协常委、原航空局局长）、秘书长沈惟白（原空军拉萨指挥所副主任）在台上壮怀激烈地呼号时，一位皓首华发的女战士，激动得心脏出事了！……

啊！什么是春华的清醇？什么是秋实的丰富？什么是英雄的壮歌？什么是人生的辉煌？

“刀从我去争山顶，血雨飘来湿战袍”的老战士们，做出了傲然的回答！

# 十月，火红的情思

## ——四川纪念新四军成立六十周年片断

十月，金质的硕果，挂满中华大地的枝头；

十月，邓小平理论的光芒，亮丽了伟大祖国的心魂；

十月，共和国四十八周岁矫健的身影，带来花如海、歌如潮，把十二亿英雄儿女托上幸福奋进的高峰！……

就在这火红的十月，一个闪回，闪现出过往的画面——日寇侵略的屠刀架在中华民族脖颈上的危急关头，中国工农红军组成八路军、新四军，掮起抗日救亡的大旗，投入血与火的征程，终于推倒了压在中国人民头上的三座大山！……沐浴着改革开放、幸福像潮水般猛涨、分外明丽的秋阳，捧着大丰收甘甜的果实，伴着黄河的涛声和长城的威严，新四军老战士们，念叨着叶挺、陈毅、刘少奇、粟裕、彭雪枫、李先念、张爱萍、张震、叶飞这些灿若群星的名字，唱着“光荣北伐，武昌城下，血染着我们的姓名；孤军奋斗，罗霄山上，继承着先烈的殊勋……”的战歌，咀嚼着“刀丛扑去争山顶，血雨飘来湿战袍”的血与火的篇章，迎来了新四军六十大寿。

就是这些推动着历史车轮碾碎黑夜洒下一路创痛，一路情思的老战士们，飘动着岁月漂白的发丝，升腾着理想的光焰，奔涌着多彩的欢乐，饱蘸着西蜀的风华，追星赶月，记住过去，辉煌今天，光耀明日，飞射出思维的箭镞，几年间，一个字一个字地写就了七本《华中烽火》，并用他们为国为民、无私无畏、一身正气、两袖清风、鞠躬尽瘁、死而后已的崇高圣洁的形象，以冲锋陷阵时吞着战火硝烟的呐喊，呼唤一代又一代新人，接过革命传统的火炬……

就是这些老战士们，在四川省新四军史料征集研究会和陈毅研究会的安排下，带着他们的诗，带着他们的画，带着他们火热的话语，带着浸透华夏热血的《大刀进行曲》，带着催人泪下的舞步……披着被晨露濡湿的沾满风霜的征尘，从四面八方匆匆向蓉城——向成都军区大礼堂赶来，向英雄的“铁军”，向伟大的祖国，倾诉炽烈爱恋的深情！

呵！十月，火红的情思！

# 一束圣火

## ——四川省新四军史料征集研究会抗日战争胜利五十周年纪念大会速写

台上："大刀向鬼子们的头上砍去！"

台下：掌声掀起热血奔涌的波涛……

呵，那不是白发苍茫的海洋，那是血与火的折射；

那不是华夏迸发的激昂，那是泪与笑的述说！

历史一个曲身，把中华民族带到五十年前，九一八事变、"一·二八"事变、七七事变、"八一三"事变、南京大屠杀……中华民族倒在血泊中，生命遭杀戮，财富被掠夺，贞洁被玷污……

呵，风在吼，马在叫，黄河在咆哮！——大刀向鬼子们的头上砍去！——我们战斗在太行山上！——血染着我们的姓名！杨靖宇、赵一曼、八百壮士……抗日的怒火从中华民族的地心爆发了！……八年抗战，何其卓绝！中华民族奋起抗争，何其伟烈！

胜利了！胜利了！——三千五百万同胞的鲜血和生命留下的呼唤；胜利了！胜利了！——六千亿（美元）财富换回的喜庆……中华民族的心魂呵！——奔涌而来的子孙们——怎能忘记祖国母亲的累累伤痕和被凌辱的血污呵！

呵，那不是白发苍茫的海洋，那是血与火的折射；那不是华夏迸发的激昂，那是泪与笑的述说！……

——这就是历史的创造者——历史的幸存者——新四军在蓉老战士，1995年8月8日，纪念抗战胜利五十周年点燃的一束长明的圣火……

# 新官梦
## ——听刑场“诉苦”

一位新官如是说——

沐浴着新世纪春华的清芬，我登上权力的宝座。

我埋进真皮沙发，茶几上风掀开的书页，闪出——

从善如登，从恶如崩；
木头再多，也填不饱火焰。
不怕山高，就怕腿软；
为人民服务是一次长跑，只有生命终结才能到达终点。

我闭目品嚼……蓦然冒出一位老兄拉起我就跑，说去听刑场“诉苦”……我们跑到挤得满满当当的街头，见两个刑警跟着一个高官样的人物。那高官样的人物凄凄惶惶地说：

“金杯玉酒千人血，尘埃落定现佛身……可俺也是苦出身；俺也是党和人民屎一把、尿一把拉扯起来的呀！……是‘三陪’拖俺到温柔乡，是‘贿炮’‘包炮’，暴雨般喷发的‘金弹’‘银弹’‘肉弹’把俺轰倒、炸烂的呀！……俺一朝官在手，贪欲迷心窍，人引着不走，鬼拉着飞跑，固然可恶……可是，扎脚的蒺藜初生时是软的，石头浸久了也能生青苔呀！千不该、万不该，不该对俺‘牛栏关猫’——是制度疏漏、监督无力，才使俺……”

“啪！”——一声枪响——我也吓醒了！……

新官说罢“梦遇”，求笔者用《周易》的神力为其破解个吉凶。

笔者敲击电脑，跳出这样的箴言——

象牙不怕虫蛀；
山要崩，绳子捆不住。
方向错了，白天也会走错路；
莫道没敌人，敌人就在你的帽子底下……

# 中华魂

秋天是深思的季节。

一百年前——1900年，八国联军靠着“船坚炮利”，在我孱弱的中华母体上留下斑斑血污；一百年后——2000年，对我中华的崛起，那些海盗衣钵的继承者，是声嘶力竭地压抑，还是胆战心惊地畏怯呢？在这深思的季节，一位老人又想起了去秋晨曦的一幕——

呼噜……呼噜……

微萌的曙色，舒展着清凉的幽静。儿子眼边挂着泪痕，和衣熟睡在沙发上。浸在水里的烟花爆竹，哀哀怨怨地泛着气泡。

正是那个美丽的金秋，扇起金风的羽翅，把十二亿颗金子般的心扇到了摩纳哥的投票箱前，扇得那紧张味儿，充溢着华夏的各个角落。因为心态和底蕴不同，对两小时后的争办奥运会的投票结局，儿子和老子就这样较上劲了。

儿子的热诚、自豪和一往情深，如银河落天，喷珠泻玉，激动得老人的心也咚咚作响。可是，老人细思量，觉得当今世界的大事，没有哪个能和政治“分居”，而“一朝分娩”，又没有哪个不是力量对比的产物。所以，不管儿子的心愿多么炽烈，还是奉劝他：要透过热闹纷繁的现象去把握事物的本质；为“牵住牛鼻子”，应做好两手准备。不料，“热昏”的儿子，反揶揄老人的苦心良谋是带有“阶级烙印”的明日黄花，并咄咄逼人地追问：“您……咋啦？”老人好心不得好报，就欲语还休地休息去了。

儿子不以老人的“提醒”为然，依旧心潮起伏，热血激荡，只等着点燃“石破天惊”的爆竹和“百鸟朝凤”的烟花。嫌时间走得太慢了，就是中央电视台特邀主持人的滚滚激情和妙语滔滔，也不能稍稍润湿他渴望的焦躁……直到他虔诚的奥林匹克精神被捉弄，被亵渎，在失落的困惑中，把“石破天惊”和“百鸟朝凤”一股脑儿地按进水里，用滴滴泪花代替灿若星雨的烟花，才跌进梦乡。

然而，端详着儿子满腹雄心的鲜嫩劲儿，端详着那被执着的情结折磨得狼狈不堪的模样，老人怀着父爱念叨：这充溢神州的热血的大潮，怎样才能回旋出擎天的神力？

恰在这时，托起黎明的祖国之声，照亮了中华的魂魄：“总设计师”十年前和撒切尔夫人的谈话——国家主权不容谈判，香港届时一定要回归祖国——如黄河落天，在寰宇奔涌，正和着太阳一起——

升腾！升腾！升腾！

# 升彩虹，迎回归

一道凝结着崇高神圣和美好心愿的彩虹，在国旗庄严的呵护下，迎着带露的朝阳，在大田坎小学已欢腾的校园升起——迎香港回归、新四军老战士和陈毅元帅母校签名纪念会——在高歌中迎来高潮。

皓首华发的老战士们一曲高亢、激昂的《大刀进行曲》，唤回了他们的青春，唤回了和鬼子拼杀的血与火的岁月；陈毅元帅作词的《新四军军歌》深情地咏唱，唱出了洗雪国耻、振兴中华的心声；武警战士枪上膛、刀出鞘似的刚健的舞步和着孩子们童真凝重的《我的中国》，在激越的震颤中使人热泪奔涌；而一群女娃娃们的《欢庆秧歌》，那喜笑轻婉地舒卷奔放，更甜美柔曼地倾诉了缠绵悱恻的对伟大祖国的深情！

从虎门销烟、林则徐被逐、签订《南京条约》《北京条约》、火烧圆明园……到东方红、太阳升，新四军老战士张玉成同志（原四川省军区副司令员）的一番话语，道尽了“百年国耻一日雪，华夏喜泪共滂沱，娇儿酣卧慈母怀，珠圆玉润起天歌”的心境；而对“一国两制”——团圆的金钥匙的称颂，又熊熊地燃起了对邓小平同志火热的心歌！……

长江洒喜泪，黄河涌乳汁；长城伸臂膀，神州耀红日！

啊！

被狼叼去的孩子——祖国的亲骨肉——香港……回来了！

中华大起大兴，天下大喜大庆！

在这历史永驻的时刻，看！在那彩虹般的布幅上，不但有在蓉新四军老战士们的签名，而且还龙飞凤舞地闪耀着陈毅元帅母校师生的颗颗红心！

——这就是四川省新四军史料征集研究会、四川省陈毅研究会和陈毅元帅母校（成都电子机械高等学校、成都锦官驿小学、成都大田坎小学）发起的“勿忘国耻，迎香港回归签名活动”的心曲……

2010年，作者（左三）与冀文正（右二）等十八军老战士在成都

2010年，作者（左一）与军旅作家在成都

1957年，焦东海（左）采访谭冠三将军（右）

焦东海（左）与谭将军之子谭戎生（右）

# 后　记

近年来，反映社会主义新西藏的文学作品一直深受海内外读者的青睐与关注。向世人宣传西藏，介绍西藏，正确定位西藏在中华民族大家庭中的成长历程，是我们每一个西藏人的责任。

《西藏岁月系列丛书》以“老西藏”们的亲身经历，真实地记录了西藏解放和建设进程中那些不寻常的峥嵘岁月。有进藏路上的艰苦卓绝，有解放西藏的悲惨壮烈，有建设西藏的忠诚无畏，有守卫西藏的执着奉献……那些真实的故事，虽已成为历史，但仍感人肺腑，耐人寻味。

这套丛书作为历史发展的载体，无处不体现着党中央和全国各族人民对西藏物质文明和精神文明建设的关怀与支持，无处不彰显着“一不怕苦，二不怕死”，“特别能吃苦，特别能战斗，特别能忍耐，特别能团结，特别能奉献”的“老西藏精神”。这些，雄鹰可以见证，雪山可以见证。

此套丛书组稿及筹备出版几经周折，历时三年，工作千头万绪。西藏岁月文学艺术工作者协会的策划与主创人员，用“老西藏精神”宣传“老西藏”，记录为西藏和平解放牺牲的英烈和健在的昔日英雄。他们用身体铺就了进军西藏的“天路”，把鲜血滴洒在建设西藏的白雪中，把生命镌刻在维护祖国统一和民族大团结的史册上。书中的每一段故事都在向我们昭示：他们与西藏人民手挽手、心连心，团结一致，努力奋斗、拼搏，以鲜血和正义铸就了整个人生轨迹!

为了那些逝去的英灵和活着的英雄，丛书编辑委员会困难再大也要坚持！在藏工作多年的洋滔、张彦丽、冰融、李敏、闫振中等同志，分别联系离退休老作家，十八军老干部、老战士，向他们征集进藏、建藏的回忆录，组织编写那段感人肺腑、催人奋进的历史篇章。

在拉萨、成都、北京三地组稿座谈会上，与会的一百一十六名离退休老干部，谈起当年的经历仍是热泪盈眶，激情满怀。他们对出版系列丛书的现实意义给予肯定，纷纷表示要积极参与，热情支持。老干部们的行动使大家倍受鼓舞，深感自己肩上的担子分量很重。

做书如做人。我们不知道其他编辑是怎么做到最好和完美的，但我们编辑的工作过程，却让人读懂了什么是最好和完美。

由于年代关系，一些书稿的原创人已是八九十岁高龄，提供的全部是手写稿。整理这部分书稿的难度，远远超出当初的想象。尤其是当年十八军分三路进藏，整个过程既有共性又有个性，待书稿集中后，内容冲突和史实矛盾等问题凸显出来。即便如此，这些都是老人们的亲身经历之作，弥足珍贵。工作人员视稿如金，没有一丝马虎和大意，生怕丢掉一字一页，对不住那些颤抖着的手写下的一笔一画。因为他们懂得，这些书稿对于高龄老人来说，其意义不是简单几句话就能说清楚的，这是他们一生中最珍贵的东西。

大量组稿，靠正常的工作时间是无法完成的，编辑们吃住在办公室，抢时间、赶任务；制订好的工作计划不得不打破，确定的工作方案随时要更改。为了确保史料翔实，协会同志除了对手中的初稿进行整理和比对外，还要随时处理意想不到的新问题。他们与原创作者不定时、不间断地联系与沟通，有的老人需要辗转几次才能找到，一些老人只言片语的表述需要几经询问，同志们都表现出极大的耐力和爱心。通过无数次的核对、甄别、印证，这些基础资料得到最后的确认。先遣连勇士和十八军将士绝境坚守、极地永生的气概，鼓舞着丛书编辑人员为这项有别于正常写作、具有特殊意义的工作竭尽全力。

现代都市生活浪漫而多彩，但《西藏岁月系列丛书》的编辑过程，让编辑们远离了这个多彩而喧嚣的世界。三年的编辑工作，人脑变成了电脑，离开书稿后的大脑，几乎是一片空白，连正常生活也变得丢三落四。大家多是在夜以继日、废寝忘食的工作中度过三个春秋。特别是在最后统稿期间，春节、藏历年都是在电脑前度过的。什么“三十饺子初一面，初二出门去拜年”等风俗，全然忘记。直到一个清晨，清脆的爆竹声催醒一位编辑的记忆，猛然想起藏历年该到了，于是，临时决定放假一小时，给远在拉萨的朋友发短信拜年。没想到刚给两位朋友发完拜年的信息，回复的铃声便接连不断。她索性先暂停拜年，打开信息想一睹为快，没想到一看却把自己惊住了：

“你是喝醉了还是睡迷糊了？藏历年都过去一个月了，还拜年呀？”

“难道，你真的忘记哪天过年了？”

……

藏族朋友的反问，令我们的编辑从机械思维中清醒过来，跑去翻日历，2013年过去三个月了！这一天是二月初二，民俗中“龙抬头”的日子。她无奈地摇摇头，苦笑。

还有一种难耐，也是对我们编辑的考验。为了这套丛书，有的同志一年内要进出西藏两三次。严重的高山缺氧反应，试炼的不仅是身体，还有毅力。长期在藏的人，到了内地因醉氧而多眠，昏肫难耐，头晕腿软；常人日进三餐足矣，而他们则要饱受饥肠辘辘的折磨。返回高原的情景与内地醉氧相比，可谓有过之而无不及，头痛耳鸣，夜不能寐，腿脚发软，食欲全无。三周时间过去，人仍头如灌铅，四肢麻木，身体如腾云驾雾，提不起精神。尽管这样，他们仍坚持工作，无一退却，三年的付出可想而知。

确实，将一部自己没有亲身感受的、他人的作品做到最好，是一件难事。尤其是这套丛书，面对工作量大、组编困难、经费难筹等问题的困扰，编辑部人员曾产生过动摇。但“老西藏”们对丛书的渴望和期待之情，始终萦绕在他们心头，挥之不去：八十四岁高龄的十八军老前辈赵先前先生，骑着自行车到处寻找资料，不厌其烦地向自己的孙子学习电脑打字；党史专家焦东海先生患病期间也不忘电话询问丛书进展情况，帮忙联系在京的十八军前辈；著名诗人、作家杨从彪、闫振中两位老师的热忱可与重庆的高温相提并论，而且从来“报喜不报忧”；西藏第一位女作家、优秀的藏族领导干部、西藏自治区党委原常委、西藏自治区政协副主席，德高望重的德吉措姆女士，为了筹措出版经费煞费苦心，辗转奔波，多方求援，如一尊秉烛女神，让大家在黯淡中又见光明，她身上的正能量时刻感染着每一个人；还有因心脏病住院的“老西藏”刘源老师，在病榻上笔耕不辍……他们这种发自内心、视如生命般热爱西藏的情结令人惊叹，令读到与见到的每个人的心灵不止一次地受到震撼和洗礼！

雪莲花绽放的地方本没有路，英雄先遣连壮士用他们的生命，蹚出一条“天路”；十八军将士们踏着他们非凡的足迹，向着雪山顶上的五星红旗奔去……那些让人想起就肃然起敬、长期在藏工作的各民族干部、人民子弟兵，默默无闻、坚韧不拔的品格和意志，铸就了祖国西南边陲的钢铁长城，让民族大团结之花在雪域高原绽放，让富强民主的新西藏在珠穆朗玛崛起！

上世纪70年代那令人抹不去记忆的岁月，知识青年炽烈的激情燃烧在雅鲁藏布江畔，他们背负那个特殊年代民族的希望，辗转半个中国，聚集在世界最高点。如今，这些“老西藏精神”的继承人也已两鬓霜花，他们付出的是热血，收获的是意志；逝去的是青春，留住的是品格。还有一批批援藏干部，承受思乡之苦，忍耐高原之寒，以只争朝夕的干劲实践着“老西藏精神”，为民族富强搭建人才之梯。那些远去的和这些现在的他们，都以不同方式谱写着对西藏的热爱，对祖国的忠诚，对“老西藏精神”的崇尚。

面对莽莽高原，生命显得那般脆弱渺小，如一滴水、一粒沙。也正是这一水一沙，把青春、时光、血汗凝聚成“老西藏精神”，积淀成荡气回肠的西藏岁月，没有半点虚伪和空洞。

三年来，丛书编辑部的同志们，就是在这种精神的感召和激励下，一次次直面困难，一步步在艰难中前行……垫付的数万元编辑费，至今还不知由谁偿还，但从未有人提起。想想这些，算不算是做书和做人的一种境界呢？

在西藏生活和工作，是大自然与人格和意志的较量；为西藏做事，是战胜自我、提升境界、净化灵魂的历程。一代又一代“老西藏”和西藏各族人民，抱着这种理想信念和政治情感，以鲜血和生命及子孙后代的幸福为代价，在得与失、荣与辱、生与死、苦与乐的考验面前，不改初衷，默默奉献，在世界屋脊上构筑了一个英雄群体。应该说，“老西藏精神”同“井冈山精神”“长征精神”“延安精神”“西柏坡精神”一样，都是中国革命精神的重要组成部分，是中华民族精神的具体体现。





掩卷深思，作为一名读者、作者、编者，除了对“老西藏精神”的种种感慨，还有更多的感动无法忘怀。

《西藏岁月系列丛书》欣然面世，首先应感谢西藏自治区原党委书记阴法唐和夫人李国柱（首批进藏女兵之一）一直以来的关心，感谢在北京七月的酷暑下，老书记为丛书题写序言；感谢丛书编委会顾问、西藏自治区原党委常务副书记、自治区人大常委会主任、党组书记、第十一届全国人大常委会民族委员会副主任委员列确一直以来的关心；感谢西藏自治区党委常委、拉萨市委书记齐扎拉的支持；感谢1976年进藏大学生、时任西藏自治区人大常委会副主任张跃平给予我们的热情鼓励；感谢中国文联副主席丁荫楠、中国少数民族文物保护协会秘书长杨华山、中国音像出版社常务副社长丁涛等领导同志的大力支持与指导，他们同是这套丛书的奠基者，也是西藏人民的好朋友。

这套丛书的完成，离不开北京市对口支援和经济合作工作领导小组西藏拉萨指挥部领导在经费协调方面给予的大力帮助；离不开西藏自治区党委直属机关工委常务副书记林清海、原常务副书记高文庭、副书记彭宏（中央国家机关工委第五批援藏干部）等领导的厚爱和关怀；离不开时任工委宣传部部长唐荣科在方案策划、工作实施、人力安排等方面给予的全力支持与帮助。

中共大连市委组织部、宣传部的领导甘为西藏办好事，成为丛书编辑工作的精神后盾。第五批援藏干部、现大连市旅顺口区教育局副局长马殿文同志虔诚的西藏情愫令人感动，他为丛书后期制作排忧解难，为丛书出版起到了重要的助推作用。

还有丛书的合作伙伴——大连出版社的领导、同志们，表现出孜孜不倦、爱岗敬业的职业精神，是我们永远学习的榜样！

在此，丛书编辑部及丛书作者、广大读者对所有给予丛书以关注、支持、帮助的各位领导、各位同仁，表示衷心的感谢！

西藏，神圣的世界屋脊，离太阳最近的地方，我们的西藏岁月记载着沧桑，刻录着风华。西藏岁月，是无数西藏人环境与精神、磨砺与意志互相较量的历程。但西藏岁月的与众不同，不只是环境的恶劣、磨砺的艰难，更是一种人心向善的精神信仰。任云卷云舒，花开花落，“老西藏精神”同美丽的高原一样，将永远成为人们向往的香巴拉。

编　者

2013年5月